100조를 향해서 4

초판 1쇄 인쇄일 2015년 5월 20일 ㅣ **초판 1쇄 발행일** 2015년 5월 22일

지은이 라이케 ㅣ **펴낸이** 곽중열 ㅣ **담당편집 팀장** 이범수
편집부 신연제 이윤아 김호성 김은경

펴낸곳 (주)조은세상 ㅣ 출판등록 제 2002-23호
주소 경기도 연천군 미산면 청정로1355
TEL 편집부 02)587-2966 ㅣ FAX 02)587-2922
e-mail bukdu@comics21c.co.kr

ⓒ라이케 2015
ISBN 979-11-5832-068-3 ㅣ ISBN 979-11-5512-956-2(set) ㅣ 값 8,000원

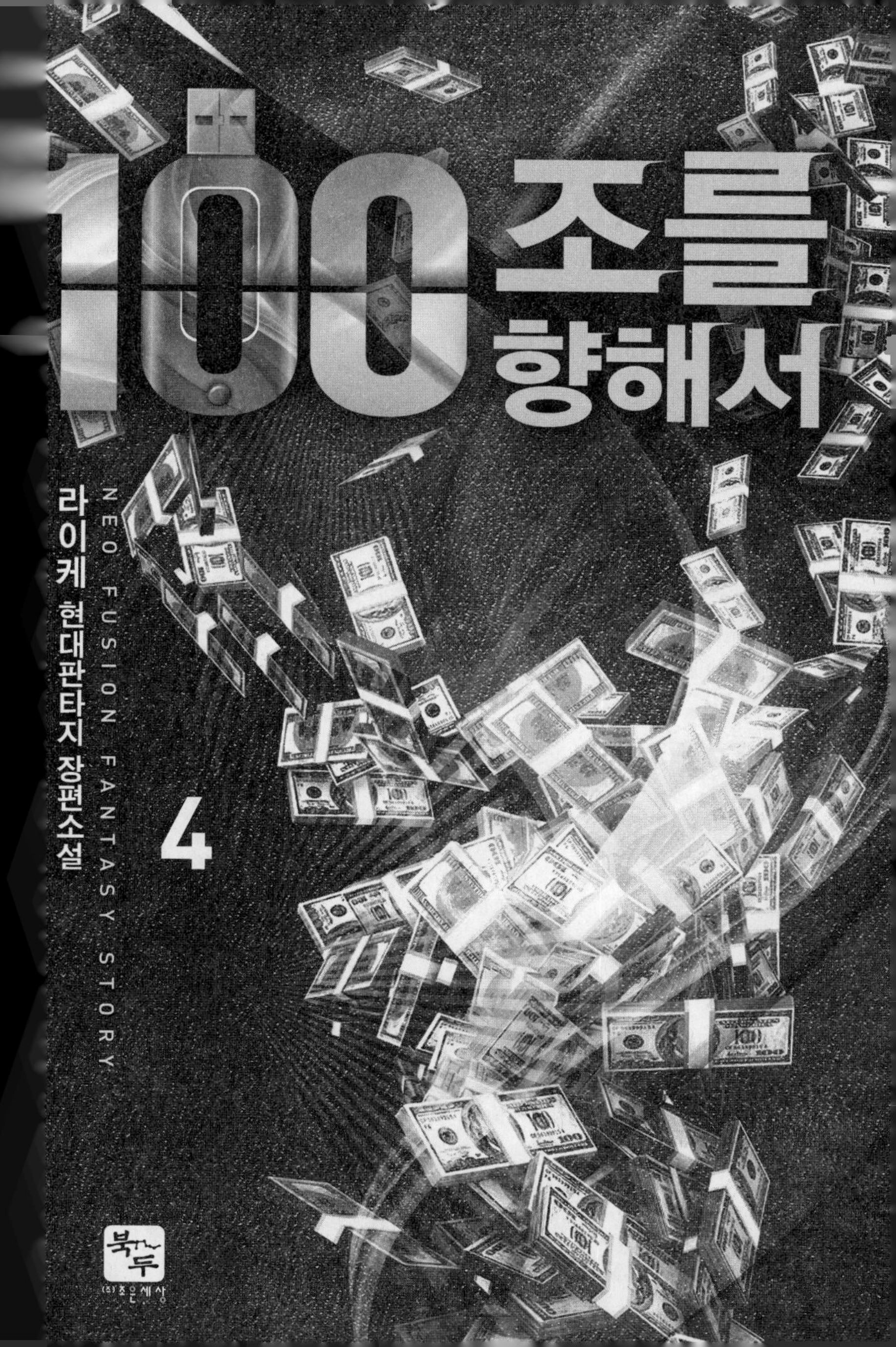
100조를 향해서
NEO FUSION FANTASY STORY
라이케 현대판타지 장편소설
4
북두
(주)조은세상

CONTENTS

100 조를 향해서

100조를 향해서

NEO MODERN FANTASY & ADVENTURE

Part 11-3. 마이더스의 손

Part 11-3. 마이더스의 손

"시간이 참 빠르네요. 이제 3년 갓 지났나요?"

최사장은 밝은 표정으로 대답했다.

"아마 대한민국을 통틀어도 저희 회사처럼 빠르게 성장한 회사는 유례를 찾아보기 힘들겁니다."

"그럴테죠."

"그보다 군대는 어떻습니까? 힘들지 않나요?"

"뭐 그럭저럭 견딜만 합니다. 지겹고 힘들어도 어차피 출퇴근이라 괜찮아요."

"다들 어디 가셨나 봅니다?"

"아?"

부모님은 유럽 여행을 간다고 떠났고, 이번에 단국대에

입학한 현민은 거의 바깥에서 사는 형편이었다.

그러니 집에는 가정 도우미와 관리인을 제외하면 실질적으로 그 혼자가 맞았다. 현수는 나지막한 어조로 중얼거렸다.

"그렇죠. 뭐."

신용 금고라니? 무언가 묘한 기분이었다.

나중에 IMF가 터지면서 방만해진 수많은 신용 금고가 넘어가고, 그 후 뼈를 깎는 구조조정을 통해서 몇 몇 금고는 저축은행으로 살아남게 된다.

금고라는 명칭은 진부할지 몰라도 '상호 신용 금고'는 엄연히 금융감독원이 관리 및 통제를 하는 제 2금융권에 속해 있었다.

회귀 전 집 주인이 갑작스럽게 월세 보증금을 올리는 탓에 돈 천만 원을 빌리자고 눈에 불을 켜고 돌아다닌 것이 문득 기억났다.

그러다 우연히 전단지에 적힌 어느 저축은행의 신용 대출 문구에 혹해서 문을 두드렸으나, 가난한 이에게 금융권의 문턱은 너무 높았다.

- 죄송합니다. 고객님. 7백만 원 신용 대출은 소득이 없는 분에게는 전혀 해당사항이 없습니다. 정 원하시면 금리 35.7%에 재산세를 내시는 보증인 세워 주시면 2백만 원

은 본점에 심사를 넣어 볼 수 있습니다. 그렇게 해드릴까
요?

- 아, 그런가요? 그래도 부탁드립니다

여직원의 사무적인 말투 속에 숨겨진 예리한 가시와 같
은 비웃음이 떠올랐다.

그렇게 타이핑을 치는 몇 초의 시간은 그에게 죽음보다
더 긴 정적만 선사했던 것 같다. 그 후 열람된 신용 정보
파일에 적혀진 '신용 불량자'라는 빨간 딱지에 여직원은
더 이상 얼굴도 쳐다보지 않는다.

당신 같은 분은 우리 은행에 도움이 안 되니 더 이상 귀
찮게 굴지 말라는 무언의 추방임을 그 누가 모를까?

하지만 물에 빠진 이에게 2백만 원 소액 대출은 지푸라
기라 할지라도 생명줄로 보였다.

그리고 인상을 펑펑 쓰는 처갓집 식구를 억지로 끌고 와
서 보증인으로 내세워 겨우 대출 받았던 쓰디 쓴 추억이
있었다.

그 당시에는 진심으로 은행 직원이 대단해 보였었다.

그런데 이제 자신이 저축은행의 주인이 된다?

꽤 흥미로운 일임은 분명했다.

"좋습니다. 성림 상호 신용 금고라고 했나요? 일단 실사

11

를 해서 그 쪽에서 우발 부채가 튀어나오지 않는다면 110억에 지분 전량 인수하도록 하세요."

"네."

"그리고 자금을 더 투입해서 서울 쪽 요지에 몇 개 지점과 부산과 대전에 각 1개씩 더 늘리는 방안도 검토해서 보고하세요."

최사장은 부드러운 어조로 답하면서 동의했다.

"밑에 지시를 해 놓겠습니다."

"이번 기회를 이용해서 그룹에 그 누구의 터치도 받지 않는 그룹 내 감사팀을 만드세요. 회계, 세무, 법률쪽에 전문가로 구성하는 방안을 고려하시고, 마침 성림 상호 신용 금고 M&A건도 있으니 괜찮지 않을까요?"

"그렇잖아도 말하려 했습니다. 회사가 날로 커지고 직원 수도 급격하게 증가한 탓에 비리 문제로 무기명 투서가 많이 들어오는 편입니다."

"좋습니다. 앞으로 신용 금고의 운영 방침은 이렇습니다. P.F 즉, 프로젝트 파이낸싱 Project financing 대출은 아예 무조건 불허합니다. 특히나 겉으로만 P.F 형식을 갖춘 채로 실제는 건설사 시공 보증이나 토지 담보 대출은 안 된다는 것 명심하세요."

"하지만 이럴 경우 신용 금고의 수익원은 가계 대출쪽으로 편향될 수밖에 없게 됩니다."

"……."

"…알다시피 돈이 거의 떼일 염려가 없는 안전한 대출은 모두 1 금융권에서 다 가져가는 상황이라… 그리고 가계 대출도 매년 증가세라서 언젠가 뇌관이 터질지 모릅니다. 이쪽이 낙관적이라고 보기도 애매한 편입니다."

현수는 아니라는 표정으로 말을 끊었다.

"애매하긴요. 가령 예를 들어 우리가 백억을 굴리는 데 거대 사업자 2-3 곳에 위험성 높은 P.F 대출을 해주는 것과 소액으로 수백 군데로 나눠서 주는 것을 비교하면 쉽게 답이 나오지 않을까요?"

"그, 그거야."

"전자는 사업이 망하면 치명적이지만 후자는 몇 군데에서 돈을 떼어 먹혀도 큰 타격은 없죠."

"흠, 저도 그 부분은 동의를 합니다. 허나 회장님?"

"말씀하세요."

최상철은 약간 불만스런 표정으로 의견을 드러냈다.

"그렇다 해도 가계 대출보다 수익률만 놓고 보면 P.F 대출쪽이 더 좋다는 점은 아셔야 합니다. 또한 우리나라는 사업자 대출은 토지 담보가 필수라서 생각보다 위험하지 않습니다."

"전혀요."

"……."

"제 생각은 다르니 아까 말처럼 앞으로 상호 신용 금고는 100% 소액 가계 대출로 전환시킬 테니 그렇게 진행 부탁합니다. 그리고 나중에 다시 지시하겠지만 대출 심사를 할 경우 기존의 시스템을 완전히 뜯어 고치는 방향으로 하세요."

"구체적으로 무슨 뜻인지요?"

"최 부회장님은 금융업에서 가장 중요한 게 뭐라고 생각하나요?"

"글쎄요. 연체율을 감소시키는 게 아닐까요?"

"…맞습니다. 연체율은 수익률과 밀접한 연관을 가진 가장 중요한 변수입니다. 그러기 위해서는 어떻게 해야 할까요? 당연히 대출을 해주는 사람의 신원을 정확히 파악해야 확률적으로 손실을 최소화시킬 수 있지 않을까요?"

"하지만 안 하는 것은 아닙니다. 현재 한국의 시중 은행에서도 일반인이 신용 대출을 신청하면 재산세 영수증, 개인 소득, 신용카드 유무, 사업장 평가 등 다양한 방식으로 신용 평가를 하고 있습니다."

현수는 그다지 이해가 안 가는 표정으로 고개를 저었다.

"아니요. 겨우 그 정도 시스템으로는 허점이 많습니다."

"아."

"우리는 좀 더 촘촘하게 밀집된 그물이 필요합니다. 그 물망 간격이 넓어서 잡아야 하는 큰 물고기까지 다 빠져나가게 하는 기존 시스템은 구시대적인 발상이 아닐까요?"

"그럼 어떻게 하실 생각인지요?"

"좀 더 복잡하고 정교한 자체 평가 시스템을 만드는 것은 어떨까요?"

"새로운 평가 시스템인가요?"

"그렇죠. 가령 예를 들면 대출 신청자 본인은 가진 재산이 없지만, 부모의 직업이 괜찮다거나, 혹은 과표로 잡히지 않지만 장사 매출이 높은 경우, 젊은 나이에 편한 사무직 직원이 아닌, 노가다나 공장에서 일할 경우 등이 있을 겁니다."

"다른 부분은 이해가 되지만 나이 어린 친구가 험한 일을 할 때 어떤 면에서 긍정적으로 평가가 가능한 것입니까?"

"그게 바로 사고방식의 차이라는 겁니다. 자, 집안에 가진 것은 없습니다. 허나 생존을 위해 남들은 마다하는 육체노동을 한다면, 그런 사람이 대출을 쓴다면 과연 연체율은 어떨까요?"

"글쎄요?"

"쉽게 말해 그런 사람은 우리 은행에 양호한 고객이 될 가능성이 높습니다. 일단 힘든 일을 자처한다는 의미는 그만큼 성실하다는 뜻입니다. 더구나 나이까지 어리면 이론적으로 그 사람에게 돈을 떼일 확률은 동일한 나이의 사무실 직원보다 월등히 낮다는 것이 신뢰 있는 연구 기관의 통계입니다."

이 말은 틀린 말이 아니었다.

미국의 어느 조사 기관에서 발표하기를, 가장 연체율이 낮은 집단 1위가 40대 고소득층의 전문직이었고, 그 다음 2위 그룹군이 20대 초반의 육체 노동자들로 나온 적이 있다.

아직 개인 신용등급 체계가 잡히기 전의 시대라 할 수 있다. 정현수는 미래의 지식을 이용하여 연체율을 줄이기 위해서 어떤 식으로 고객을 구별해야 하는 지 논리적으로 최사장에게 설명을 하기 시작했다.

비록 자선 사업은 못하지만, 적어도 서민의 피눈물을 빼먹는 짓은 원하지 않았다.

그러기 위해서는 대출 상환 능력자를 선별할 수 있는 확실한 시스템이 필요했다.

쉽게 말해서 개인이 금융기관에 대출을 신청할 때 작성하는 인적사항과 소득 현황, 개인 재무상태, 금융기관 거래정보, 신용도 등의 모든 사항을 각 항목별로 점수화한다.

그리고 이 점수에 따라 대출 가능 여부와 대출금액 및 적용금리 등을 결정해 신속하게 알려 주는 자동전산시스템의 알고리즘을 만들라는 의미였다.

이런 고객 신용도를 바탕으로 컴퓨터가 자동 계산하여 돈을 빌려줄 만한 요건을 갖추고 있는지, 대출 한도는 얼마나 가능한 지를 시스템적으로 결정하도록 제작된 선진 금융 기법이다.

이 시대의 금융권 대출은 창구 담당자의 영향력이 막강한 탓에 온갖 부정과 비리가 판을 쳤고, 그만큼 주먹구구식으로 운영되고 있었다.

아마 이 시스템을 채용하면 연체율은 확실히 감소할 가능성이 높았다.

통계의 과학이다.

현수는 온화로운 표정으로 하얀 이를 드러냈다.

"이런 개인 평가 시스템을 도입하면 신용 금고의 수익률이 대폭 증가할 겁니다. 그 대신, 고객에게 연 금리는 어떤 경우가 있어도 25%는 넘지 않도록 아래에 지침 하달하세요. 아! …그리고 연체 고객에게 앞으로 추심하지 마시고."

최사장은 의아한 듯 대뜸 반문했다.

"네엣? 금리야 저도 이해를 하지만 추심을 하지 말라는 건…."

"…정상적인 빚을 갚으라는 고지서 정도는 괜찮지만 시도 때도 없이 전화로 협박하고, 독촉하거나 그리고 유체동산 압류한다고 얼마 안 되는 가전 집기 경매 같은 것은 일체 불허합니다. 그렇게 한다 해서 돈이 나오면 몰라도 없는 돈이 나오는 것은 아니지 않나요?"

"그거야 그렇죠."

"마지막으로 신용 금고 인수하면 아마 부동산 후순위 설정 상품이 있을 겁니다. 아무튼 돈 빌려주면서 기존에 부동산으로 담보 잡은 상품은 천천히 해지하고 없애도록 하세요."

"무엇 때문인지 물어도 되겠습니까?"

그러자 현수는 모호한 빛으로 나지막하게 말했다.

"지금이 94년이니 이제 3년 남았군요. 괜히 그 때 가서 후회하지 말고 미리 준비해서 손 빼세요. 3년 후에 부동산 대폭락 사태가 올 겁니다. 담보 대출, 특히나 후순위는 아무 의미 없는 날이 옵니다."

손으로 무의식중에 날짜를 꼽아보기 시작했다.

이제 보니 I.M.F까지 고작 3년이 남아 있었다.

1997년… 어찌 잊을까?

전 국민이 비탄에 잠기던 그 암흑의 시대를.

비록 대한민국에는 불행의 날이 되겠지만 I.M.F를 이용해서 그는 확실히 더 멀리 도약할 방법을 그는 알고 있었다.

그 때가 되면 그는 아마 세계와 싸워야 할 것이다.

✳

다른 한편으로 지난 1년간 그는 진동운의 제의에 따라 분당 금곡동에 유치권이 설정되면서 깡패로 엉망진창이

된 아파트 단지를 통으로 매입하게 된다.

그는 한국 토지 공사가 공매로 내 놓은 34평, 37평, 45평으로 이루어진 322 세대를 평당 1,550,000원이라는 파격적인 가격에 총 197억을 지급하고 낙찰 받는다.

그 후, 3개월에 걸쳐서 진동운의 식구 전체가 움직였다.

그 중 뭐니 뭐니해도 영화 같은 장면은 십여 대의 관광 버스에서 수 백 명의 떡대들이 내리는 행렬이었다.

쪽수 앞에 장사 없다는 말이 있다. 그만큼 숫자가 주는 위엄은 대단했다.

그 때까지 컨테이너로 정문을 막고 주차장에 텐트치고 난장을 까던 양아치들은 이 엄청난 숫자에 기가 질렸는지 몇 번 투덜대더니 별 다른 저항 없이 물러나고야 만다.

갈대는 바람에 흔들리지만, 대나무는 바람에 부러진다는 속담처럼 그렇게 악은 더 큰 악에 의해서 무참하게 부러지고 짓밟히기 시작했다.

물론 그 수백명이 전시용 동원이라는 것을 모르는 이는 없을 것이다.

그렇다 해도 수 백 명은 저마다 사고를 하는 객체라 할 수 있지 않은가.

혹시 작은 도화선으로 폭발하게 되면 그 누구도 뒷감당이 안 된다는 것을 양아치들은 직감한 것이다.

거기다 이들을 움직인 배후가 대한민국을 삼분하는 전국구인 OB 동재 식구파라는 명패는 꽤 대단했다.

세력이 무서운 점의 적절한 사례일까?

어차피 금전적인 대가를 바라고 온 양아치들이었다.

그들도 깡은 있다.

하나 같이 악바리가 아니면 이런 진상짓은 쉽게 못한다. 그러나 그들은 지켜야 할 것이 있는 이들이었다. 지킬 것이 있는 자와 지킬 것이 없는 자의 차이는 이렇게 크다.

그 외에 몇 몇 무리가 배 째라면서 강골처럼 견디며 버텼지만, 뒤로 적당한 협상의 손길을 내밀어지자 그들은 곧 어딘가로 사라졌다.

이윽고 아파트 단지는 평온을 되찾았다.

멋모르고 입주한 80가구의 주민들은 참혹한 디스토피아의 세계에 강림한 이중적인 구원자에게 박수를 치기 시작했다.

시간이 좀 더 흐르자 그는 분양 대행사를 통해서 미분양 아파트에 대한 재판매에 들어갔다.

평당 가격은 3,999,000원이라는 가격이 책정되었다.

백화점식 고객을 유혹하는 상술이다. 끝자리를 999단위로 정해서 싸게 보이게 하는 기법이라 할 수 있다.

주위 금곡동의 분당 아파트 가격이 평당 4백 5십– 5백 5십만 원을 형성하고 있었으니 이 당시 복부인의 눈에 이 금액은 믿기 힘든 가격대였다. 그와 더불어 새 아파트라는 프리미엄은 꽤 효과적이고 놀라운 재분양 성적을 낳게 된다.

4개월만에 322가구 중에서 215가구를 완판한 것이다.

＊

오랜만에 현수는 양주에 취해 있었다.

진동운, 김형석, 배진수, 주재철과 몇 몇 모르는 인물까지 거대한 나이트 클럽의 VIP룸은 A급 모델 뺨치는 여자들을 옆에 끼고 분위기에 취해 있었다.

오늘은 중간 결산의 날이자 간만에 진동운 휘하의 식구와 즐기는 술 자리였다.

아직 322가구를 전부 처리하지는 못했지만, 평당 백 6십만 원이 안 되는 금액에 낙찰 받아 4백만 원에 팔았으니 무려 250%가 넘는 장사였다.

그야말로 땅짚고 헤엄치기다.

215가구를 판매하고 최초 투자된 금액과 분양 대행사에게 3% 수수료를 떼어주고 남은 금액이 2백 7십억이 넘었다.

그 중 30%인 81억을 제외하고도 현수의 몫으로 190억 가까이 남게 된다.

물론 개인 소득세로 상당 부분을 내년에 납부해야 했지만, 눈이 돌아갈 정도로 거액은 거액이었다.

　어디 그 뿐인가. 중국에서 꾸준하게 달러가 밀반입 되고 있었으니 현재 그 개인이 가진 현금만 어느덧 5백억이 넘어가는 상황이었다.

❄

　진동운은 꽤 취한 듯 술주정이 조금씩 나타났다. 그는 연신 폭탄주를 옆에 앉은 여자와 주거니 받거니 하다가 자랑스럽게 지갑에서 새하얀 수표 수십장을 꺼내고 있었다.

　뒤이어 그 중 몇 장을 호기롭게 '꽝' 하고 내려놓았다.

　"쌍! 잘 봐! 이 년들아, 이게 전부 1억 짜리다. 큭큭큭."

　"어머! 진짜네 오빠? 난 1억짜리 수표는 태어나 처음 봐. 멋지다! 오빠."

　"그럼! 이게 모두 동생을 잘 둔 덕분 아니냐? 안 그렇소? 정 회장?"

　"아, 네."

　오늘 정산금으로 준 수표를 대리석으로 된 테이블 위에 일렬로 쭉 깔면서 호기를 부리는 진동운의 기세에 절로 인상이 찌그러졌다. 마음에 안 드는 것은 안 드는 것이다. 배진수가 그에게 잔을 따르면서 건배를 제의했다.

"자! 받으쇼. 정회장님. 예전부터 정회장 대단한 건 알고 있었지만 요즘 잘 나가도 보통 잘 나가는 게 아니라 부럽구려."

"뭔 쓸데없는 소리를!"

"이 년아. 너희들 이 분이 누군지 알아?"

"…누군데요?"

진동운 휘하의 각 업소에서 A 급으로만 초이스 해온 아가씨들은 잔뜩 궁금한 듯이 애교를 떨기 바빴다. 평소라면 손님들 앞에서 도도하게 다리나 꼬면서 콧대 높게 생활하던 아가씨들도 이들 앞에서는 허세를 부리지 못했다.

그녀들은 지금 이들이 누구인지 잘 알고 있었기 때문이었다.

그리고 진동운과 함께 상석에 앉아서 극진한 대접을 받는 까까머리 평범한 청년에게 시선이 쏠리는 것은 당연했다.

이 때 정현수가 약하게 인상을 쓰면서 끊었다.

"배형! 적당히 해요. 쪽팔리게…."

"아? 그런가? 하하. 미안, 미안!"

"그래. 임마! 정회장님이 이런 싸구려 기집애들이 눈에 들어오겠냐."

"그럼요. 이제 곧 AMC도 재벌 그룹 대열에 오를 게 뻔하지 않겠습니까."

"정말? 그 AMC그룹?"

"어라? 이 년도 아네? 그래 자식, 거기 그룹 회장님이야. 엄청 젊지? 안 그렇냐?"

"진짜! 대단하다."

서로 주거니 받거니 칭찬을 하면서 그들은 좌중을 흥겹게 띄우고 있었다.

이런 이들의 모습을 지켜보더니 현수는 재차 양주잔을 위장으로 쏟아 부었다.

돈의 힘이란 이토록 대단한 것일까. 얼마 전 매일 경제 신문에서 문득 본 타이틀이 떠올랐다.

1994년 은행 감독원에서 '여신 관리 대상 30대 계열 기업군'을 새로 선정하여 해당 금융 기관에 통보했는데 그 목적은 새롭게 규정된 '대출금 여신 한도' 때문이었다. 그리고 이번에 30대 그룹 중 극동 정유 그룹의 해체로 말석에 올라온 대한 유화 그룹이 30위를 차지하게 된다. 대한 유화 그룹은 5개의 계열사를 거느렸는데 그 면면을 보면 '대한 유화, 원동 공업, 국도 극장, 뉴서울 호텔, 서울 가든'을 소유하고 있다.

대한 유화 그룹의 작년 매출액은 2천 8백억이었고 은행 대출금은 3천억으로 추정된다는 뉴스 기사였다.

여기서 흥미로운 점이 이 당시 대한민국의 하위 재벌 그룹의 자산이나 매출이 생각 외로 크지 않은 것이었다.

1993년을 기준으로 AMC그룹 전체 자회사의 매출액은 1,500억에 달하는 수준이었다.

허나 그는 내심 회귀 전의 몇 조는 기본인 대형 그룹을 상상하고 아직 까마득하게 멀었다고 생각도 하지 않던 중이었다.

그러나 막상 대한민국의 30위에 랭크된 그룹이 고작 저 정도임을 확인 후, 그는 그가 이룬 성과가 예상보다 더 대단하다는 자부심을 가지게 된다.

100조를 향해서

NEO MODERN FANTASY & ADVENTURE

Part 11-4. 마이더스의 손

Part 11-4. 마이더스의 손

　이는 배진수가 그를 꽤 존중하는 모습에서도 쉽게 나타났다.

　섹시한 외모를 가진 아가씨들도 놀라는 기색이 완연했다. 그녀들 중 상당수가 AMC라는 세 글자를 알고 있었기 때문이었다.

　그도 그럴 것이 몇 몇 아이템은 세계적으로 히트를 친데다 국내 최대 규모의 기획사라는 타이틀과 유럽의 유명 축구 클럽까지 소유했으니 한동안 언론에서 꽤 많이 언급되었던 적이 있었다.

　막상 이런 타인의 부러운 시선에 현수도 이제는 꽤 익숙해졌다.

인간은 환경의 동물이라는 말이 있다. 예전과 달리 그는 자신의 이런 특권을 거리낌 없이 즐겼다.

그러던 그 때, 옆 좌석에서 우당탕 하는 소리와 함께 진동운의 부하 한 명이 룸으로 급하게 들이닥쳤다.

"형석이 형님이 옆방과 시비가 붙은 모양입니다!"

"뭐? 형석이가?"

"근데 왜? 쪽수가 달려?"

"바깥에 우리 애들 몇 명 더 있지 않아?"

"그, …그게!"

이들은 마치 재미난 영화를 감상할 때처럼 짓궂은 말만 하면서 좀처럼 일어서서 도우러 갈 생각을 하지 않았다. 하기는 그도 그럴 것이 현재 이 업소는 그들이 관할하는 구역이었다.

형석이 외에도 그의 부하만 대 여섯이 더 있으니 큰 걱정을 하지 않은 것이다.

"…애 하나를 잡나 봅니다."

진동운은 의외의 반전에 탁한 숨을 내쉬며 고함쳤다.

"당장 놔 주고 형석이 이 새끼! 쳐 기어 오라고 해."

"네!"

보나마나 뻔했다. 주사에 못 이겨 사소한 시비로 만만한 놈을 패는 것이다.

그러는 동안 현수는 간단히 인사를 하고 자리를 떠났다.

이미 머리는 창백하게 변한지 오래다. 조폭은 조폭인가보다.

"깡패 새끼들! 퉷!"

술이 취하고 난폭한 모습이 나오자 짜증이 솟구친 것이다.

문을 열자 저 멀리서는 싸움 소리가 들려왔다.

진동운의 부하 중 몇 명이 건너편 룸의 양아치 서너 놈을 속된 말로 밟는 모습이 흐릿하게 투영되는 중이다.

"죽어!"

"놔! 씨발!"

"형님! 그만하세요!"

"젠장! 너? 오늘 운 좋았다고 생각해."

주위의 만류, 고함, 욕설 속에 현수는 말보로 한 개비를 입에 물고는 천천히 시선을 돌렸다.

그들이 앉아 있던 2층의 VIP룸에서 내려와 1층으로 발걸음을 떼기 시작했다. 저마다 형형색색의 옷을 입고 춤을 추는 매력적인 남녀가 먼저 보였고, 힙합 바지를 입은 DJ가 턴테이블을 돌리면서 빠른 비트의 음악을 틀어댔다. 그 중간으로 후끈한 스테이지에는 열기가 가득했고 웨이터들이 분주하게 땀을 흘리며 술잔을 나르고 있었다.

바깥으로 좀 더 나서자 광기에 도취된 사이킥 조명이 사라지고 어느덧 어둠의 장막이 밀려온다.

간만에 홀로 걸으면서 산책을 했다.

좀 더 흥겹게 발걸음을 재촉했을 때 저 멀리서 누군가 마주치며 걸어왔다. 그리고 그들 중 하나가 반갑다는 듯이 아는 척을 했다.

"어라? 이게 누구야? 현수 아니야?"

"아, 종우?"

"오랫만이네. 어쩐 일이야?"

"잠시 놀러왔지. 넌?"

"아, 난 접대차 왔어. 잠시만!"

그는 그보다 나이가 훨 많아 보이는 30대 남자 두 명에게 뭐라고 굽신거리며 말했다.

"하하. 죄송합니다. 과장님. 하필이면 고교 동창을 간만에 만나서요. 2차는 다음에 모시도록 하겠습니다."

"친구?"

"네. 이번엔 좀 봐주십쇼."

"그래? 뭐, 아쉽지만 어쩌겠어."

"오늘 고생 많았어. 들어가 봐. 이 대리. 납품 문제는 다음에 다시 상의하도록 하고."

"내일 다시 연락드리겠습니다. 그럼! 들어가십쇼."

"어! 다음에 보자고."

거래처 담당자로 보이는 그 둘을 보낸 후, 이종우는 현수에게 다가와 담배를 한 대 붙이더니 웃었다.

"너도? 혼자냐? 고맙다. 너 때문에 저 진상들 떨어내서….."

"진상?"

"말도 마. 접대비는 회사에서 정해주는 데 저 새끼들은 반드시 단란주점까지 안 데려가면 꼭 뒷끝이 안 좋다니까. 다행히 네가 나타나서 오늘은 그냥 가네."

"뭐 하는데?"

"뭐하긴! 건축 자재 영업상이다."

"자재 영업상?"

"왜? 너도 명함 하나 줄까? 아니지. 간만에 만났는데 우리 감자탕집이나 가자. 내가 쏠게. 어때?"

"감자탕? 좋지."

"요 근처에 저 집이 국물 맛이 괜찮거든."

이종우… 같은 동네에 오래 거주하면 늘 그렇듯이 그 지역에서 얼굴이 익은 친구가 꽤 많다. 그가 다닌 중학교, 고등학교는 각반의 정원이 60명이었다.

종우는 중학교 1학년 때 한 번, 고등학교 2학년 때 한 번씩, 무려 두 번이나 같은 반이 된 적 있는 동창이었다.

키가 크고 활발한 성격을 가진 탓에 내심 부러워하면서 회귀 전에는 그 모습을 그의 이상형으로 삼은 적도 있었다.

그만큼 성격이 서글서글하고 원만한 성격 탓에 여자아이에게도 인기가 많았고, 최상위 노는 그룹에 속했지만 딱히 약자에게도 악하지 않았다. 그의 느낌이지만 천성이 나쁘지 않은 아이였다.

그러니 한 번 쯤은 술 한 잔을 나누고 싶던 녀석이기도 했다.

물론 학창 시절 그는 속된 말로 이종우보다 노는 물이 낮았지만 그의 높은 프라이드가 이런 열등감을 없애게 만들었다.

테이블 위에는 지글지글 끓는 감자탕을 국자로 휘젓는 거친 손등이 보였다. 그는 손수 현수에게 작은 그릇에 건더기를 담아주며 말했다.

"자, 감자탕은 뼈가 제일 맛있는 부위야. 많이 먹어라."

"어휴. 뜨거워!"

"큭큭. 천천히 불어 먹어. 입천장 데겠다."

"취직한지는 얼마나 되었어?"

"한 2년 된 것 같아."

"군대는?"

"면제야. 3대 독자거든."

"좋겠네. 난 지금 방위인데?"

"자식? 그러고 보니 어쩐지 머리가 빡빡이라 이상하다 했는데… 언제 제대야?"

"아직 멀었어. 왜? 제대할 때 오려고?"

이종우는 뼈다귀를 발라내면서 모호한 빛으로 대답했다.

"…갈까?"

"오기는! 너랑 나랑 언제부터 친했다고. 풋!"

"왜? 지금이라도 친하면 안 되냐? 소심하기는!"

"갑자기 왜 이래? 넌 원래 친구 많잖아."

그의 말대로 종우는 항상 어울리던 무리들이 있었다.

당시 그 애들이 학교에서 지나가면 속된 말로 '光'이 번쩍번쩍 날 정도로 눈부셨던 적이 있었다. 물론 사회에 나가서 키 크고 잘생긴 것이 남자에게는 큰 의미가 없다는 사실을 깨닫게 되는 것은 그리 오래 걸리지 않아서다. 그는 아까와는 다르게 축 가라앉은 표정으로 나지막하게 중얼거렸다.

"친구라. 친구…."

"왜? 뭔 일 있었어?"

"친구? 졸업하니 다 필요 없더라."

"뭔데?"

"애들 중에 몇 놈이 도박에 미쳐서 하우스 드나들다가 결국엔 친구들 돈까지 빌리다 망해서 외국으로 토껴버렸어. 그러다 애들끼리 싸움으로 번져서 이젠 원수지간보다 못하게 된지 오래야."

"돈? 너도 빌려줬어?"

"응. 천만 원…"

"작은 돈은 아니네."

"다 떼었어. 야! 그건 됐고. 술이나 마시자! 이렇게 친구
랑 술 마시니 기분 좋네."

"건배! 원샷이다."

"그래 원샷. 좋지."

"조금이라도 흘리면 죽음이다. 오케이?"

"그럼."

주거니 받거니 술잔이 돌고 있었다. 회귀 전 어릴 때는
어째서 술을 마시는 지 잘 몰랐다. 그 때 당시만 해도 속에
서 술이 잘 받지 않아 툭하면 오바이트가 나오고 괴로웠던
적이 한 두 번이 아니었기 때문이다.

그러다 사회의 벽에 무너지고 믿었던 이에게 배신을 당
하면서 술을 배워갔다. 술은 모든 것을 잊게 만드는 묘한
마법의 액체였다.

이종우와 정현수는 꽤 많이 취한 상태였다.

이미 둘 다 1차로 거나하게 들이킨 후라 더 그런지 모른
다.

현수는 그 순간 팽팽하게 당겨 놓은 실이 수축되면서 펴
지는 것 같은 기이한 느낌을 받았다.

그것의 정체는 여유로운 평화였다.

온화한 안식이었다.

가만히 생각해 본다.

그동안 아무 생각 없이 이렇게 술에 취해 본적이 과연 얼마나 되었나 느껴본다.

회귀 후에 예전의 실수를 되풀이 하지 않고 다시는 어두운 인생을 살지 않기 위해서 얼마나 노력했는가?

그 때문에 회귀 후 4년이 지난 현재, 그가 이룩해 낸 성과는 남들은 상상하지 못할 정도에 올라 있었다.

마이더스의 손, 황금의 탑.

아무리 미래를 알고 있다 해도 치밀한 그의 노력이 아니었다면 이런 성공은 쉽지 않았을 것이다.

"부모님은 잘 계시고?"

"응. 요즘은 편하게 잘 지내시지."

"그래. 그거 좋구나. 저기 이쁜 여자 어때? 괜찮지 않냐?"

"그냥 그런데? 눈이 너무 찢어져서 별로야. 후후, 왜? 넌 저런 스타일 좋아하냐?"

"이 자식! 콧대 엄청 높아졌네. 야 임마. 저 정도 비주얼이 평범하면 다른 여자들은 어찌 살라고."

"그런가? 아, 아. 미안!"

"큭큭."

술에 취하자 창밖의 길 가는 아가씨의 외모를 보면서 그들은 아무 소리나 지껄이고 있었다.

가진 자의 여유로움일까? 예전에는 그토록 부러워하던 길거리의 늘씬한 아가씨는 안중에도 없었다.

그의 눈앞에 보이는 그 어떤 아가씨라도 기획사에서 수천대 일의 경쟁을 뚫고 들어온 여배우나 연습생과 비교하면 상대가 안 되었던 탓이다.

길거리에서 으스대면서 경적을 울리고 지나가는 외제차도 그가 소유한 메르체데스 벤츠 600과 비교하면 많은 차이가 있었다.

그러니 헝클어진 머리칼에 싸구려 슬리퍼, 추리닝 차림으로 감자탕을 먹어도 그는 기가 죽을 이유가 전혀 없었던 것이다.

허나 친구 관계는 확실히 달랐다. 그가 생각하는 친구는 감정을 공유하고 기쁨과 슬픔을 나눌 수 있는 존재였다. 이종우는 비틀거리면서도 뒷주머니에서 무언가를 꺼내 건네 주었다.

"아무튼 반갑다. 자주 연락 좀 해라. 이건 명함!"

"대리네?"

"그래봤자 구멍가게 회사야. 고등학교 졸업 후에 2년 지나니까 대리 달아주더라. 바깥에서 무시당하지 말라고."

"근데 어쩌지 난 명함이 없는데…."

"너? 대학교 다니냐?"

"아니. 그냥 백수야."

"후후, 집이 괜찮나 보네. 우리 집은 당장 소득이 없어서 빡세게 일해야 하거든. 자식! 공부 열심히 해라. 사회 나가보니 학교 다닐 때 공부 안 한 것 좀 후회되더라."

"뭐 세상이 다 그렇지. 너희 회사는 어때?"

"그냥, 영업 나가서 비위 맞춰주고 수금하고 뭐 그런 거야. 생각보다는 재밌어. 그보다 주말에 뭐해? 우리 영화나 한편 볼까?"

현수는 눈을 동그랗게 뜨고 약간 들뜬 표정으로 물었다.

"영화? 뭐가 재밌는데?"

"중경삼림? 홍콩 영화! 진짜 재밌다는데 어때?"

"누구 나오는 건데?"

순간적으로 귀에 익은 느낌이라 반문했던 것이다. 이종우는 껄껄대면서 미소를 지었다.

"아니? 왕가위 감독에 금성무, 임청하, 양조위를 모른단 말야? 특히나 내가 제일 좋아하는 임청하가 나온다는 말이지."

"아! 동방불패의 임청하?"

"그럼!"

어찌 모를까. 천녀유혼 왕조현, 동방불패 임청하, 천장지구 오청련까지. 그 때 그 시절 홍콩 영화가 한국을 태풍처럼 뒤덮던 시절 그의 우상이자, 그의 영웅이었다.

특히나 천녀유혼의 장국영과 왕조현의 영화는 학창 시절 비디오로 수도없이 돌려 보며 그 애절한 OST에 얼마나 울었는 지 모른다.

난약사라는 산속의 절에 있던 귀신 왕조현은 장국영에게 반해서 마귀로부터 오히려 장국영을 물심양면으로 보호를 해주게 된다.

그리고 인간과 요괴의 사랑이라는 애절한 엔딩까지.

"우리 둘만? 여자 친구도 없이?"

"여친? 그럼 둘 다 쌍쌍으로 데이트 해볼까?"

"좋지. 네 여친 이쁘냐?"

"그냥 그래. 니 애인은 뭐 하는 데?"

"응. 배우야. 이번에 조연으로 첫 데뷔한다던데 모르겠다."

"진짜? 우와! 대단하다!"

현수는 모호한 빛으로 살짝 고개를 흔들었다. 예전이었다면 아마 이종우는 치기 어린 빛으로 '너 따위가 어디' 정도의 수준까지는 아니더라도 약간은 무시하는 경향이 있었을 것이다. 그것이 어린 아이들 세계의 암묵적인 유치한 룰이었으니까.

확실히 지난 4 년 동안 그들은 성숙한 것 같았다.

뭐, 그가 미정이 배우라고 말한 것은 약간 과시하고 싶은 부분도 있기는 있었다.

아마 미정을 데려 나가면 이 자식은 눈을 크게 뜨고 부러워 할 것은 분명했다. 그만큼 그녀의 외모는 환상적이었으니까.

이종우는 엄지손가락을 치켜세우면서 재차 그를 띄워줬다.

"씨발! 내 친구 중에 연예인과 아는 놈이 있을 줄이야. 부럽다. 부러워."

"아, 아. 그만 해. 너 부러워하라고 말한 것은 맞는데 그것도 적당히 하셔. 쪽팔리잖아."

"쪽팔리긴! 아무튼 너! 이 자식 약속 잊으면 안 되는 거 알지? 중경삼림이야."

"오케이. 중경삼림!"

"약속!"

"약속!"

알콜은 정신을 혼미하게 했다.

친구라, 친구, 친구. 중경삼림이라. 중경삼림, 쌍쌍 데이트. 아, 쌍쌍 데이트.

그는 그저 아무 의미 없이 반복해서 읊조리고 있었다. 무언가 의미가 있는 것 같은데 아무 생각이 나지 않는 그런 멍한 기분이다. 아! 그렇다. 그것은 기억난다.

California dreaming! 그래 그 노래다. 그는 되는대로 읊조렸다. 그 때의 그 기분을 기억하기 위해서.

All the leaves are brown

And the sky is grey

I've been for a walk

On a winter's day

I'd be safe and warm

If I was in L.A.

California dreaming

On such a winter's day

Stopped into a church I passed along the way

Well I got down on my knees

(Got down on my knees)

······ 중 략 ······

홍콩의 중국 반환 2년 전!

개인주의와 염세주의 속에 주인공이 혼자서 춤을 추던 장면만 기억에 박혀 있던 그 영화였다. 영화가 무엇을 말하려는 지는 기억이 가물거리지만 느낌이 다채롭고 풍부했던 감수성 깊은 영화임은 틀림없다.

그는 자각했다.

그렇구나.

나는 아직 이 시대에 살고 있구나.

장국영, 유덕화, 주윤발. 그 멋진 이름들이 흘러가고 있었다. 그의 젊은 시절을 함께 보냈던 홍콩 스타들이 하나둘씩 떠올랐다. 한번 만나 보고 싶다. 그저 그냥. 보고 싶었다.

그의 우상, 우리의 우상은 지금 무엇을 하고 있을까?

형클어진 머리를 테이블에 박은 채로 '캘리포니아 드리밍' 팝송의 가사를 돼지 멱따는 목소리로 괴성을 지르자 이종우가 장난스럽게 머리를 한 대 쳤다.

"이 자식!"

"왜?"

"어디서 꼬부랑 영어를! 큭!"

"남이야. 뭘 하든!"

"중경삼림이야!"

"그래. 중경삼림! 끄억."

그 날 그 둘은 완벽하게 술이 꽐라 될 때까지 미친 것처럼 들이키고, 연신 퍼부었다. 어깨동무에, 노래방에, 술주정에, 욕설에 헛소리에 오바이트까지.

어느덧 새벽을 지나 눈부시도록 밝은 아침 햇살을 마주하자 지친 하루가 흘러 갈 따름이다.

＊

커튼 위로 쏟아지는 아침 햇살은 간밤의 곤한 잠을 깨우면서 부드럽게 속삭이는 듯 했다. 방광에 꽉 찬 요의를 느낀 최상철은 주섬주섬 침대를 내려와 화장실로 향했다.

시계를 확인하니 아직 아침 8시가 안 되었다.

어제 마신 술이 아직 안 깼는지 골이 지끈거렸다.

그는 습관처럼 출근을 하기 위해 무의식 중에 준비를 하다가 문득 깨달았다.

"아, 오늘 토요일이지?"

그 때서야 오늘이 주말임을 떠올리자 그는 한숨을 내쉬었다.

그 후, 뜨거운 물에 몸을 적시며 샤워를 시작했다.

거울에 비친 초췌해진 얼굴을 바라보았다.

눈빛에는 황달기가 미약하게 있었고 턱수염은 바빠서 깎지 못한 탓에 지저분하기 짝이 없었다.

하루하루가 전투였다.

그룹의 전체 살림살이를 총괄하다 보니 요즘은 어떻게 해가 지는 지도 모르고 정신없이 걸어온 삶이었다.

간단한 양치와 면도를 한 후, 수건으로 몸을 닦더니 천천히 바깥으로 나와 거실을 둘러본다.

최근 장만한 앤틱 가구와 물소 가죽 소파, 큰 브라운관

TV는 70평에 달하는 면적과 잘 어우러진 채 그의 현재 위치를 간접적으로 대변했다.

와이프도 방금 일어났는지 간단하게 아침 준비를 시작하며 아이들을 급하게 깨웠다.

"준아! 민아!"

"……."

"준아, 민아! 일어나! 어서!"

"아, 진짜? …조금만 더 자면 안 돼?"

"너희? 자꾸 그 따위로 굴래?"

"엄마? 아… 졸려."

"일어나!"

"알, 알았어요."

거실에서 TV 채널을 한가롭게 돌리던 최상철은 흡사 전쟁터에서 총알 볶는 소리 같은 시끄러운 광경에 마음에 안든다는 듯 대뜸 참견부터 했다.

"거 참. 오늘 토요일인데 웬만하면 애들 좀 쉬게 하지 그래?"

"당신은 모르면 가만있어요. 요즘이 어떤 시대인지 알아요?"

"뭐?"

"애들 학원 가야 해요."

"무슨 토요일에도 애들을 학원에 보내?"

"당신은 신경 꺼요. 요즘은 한 발만 뒤쳐져도 영원히 쫓아가지 못한다고요. 그러니까 자식 교육은 나한테 맡겨요. 당신은 상관 말고!"

"거 참! 성격 하고는…."

"내 성격이 어때서?"

"휴우, 됐네. 됐어."

원래 와이프의 성질을 익히 알고 있던 탓에 최상철은 애꿎은 리모콘만 던지면서 투덜거려야 했다.

더 이상 말다툼을 해봤자 자신만 피곤하다는 것을 알기 때문이다.

얼마 후, 최상철과 아들 최성준, 딸 최수민이 함께 모여서 원탁 식탁에 앉아 식사를 했다. 최상철이 딸에게 말을 건넸다.

"수민이는 중간 고사는 잘 봤니?"

"이론 시험은 잘 본 것 같은 데 피아노 실기가 좀…."

"실기가 왜?"

"아무래도 지금 과외 하는 선생님보다 다른 사람이 나을 것 같아."

"무슨 뜻이야? 혹시 대학생이라 그러는 거야?"

수민은 의자를 앞으로 더 끌어 자세를 바로 잡으면서 인상을 살짝 찡그렸다.

"응. 다른 애들은 전부 학교 선생이 추천해 주는 선생님으로 하는 데 우리만 따로 해서 시험 볼 때 알게 모르게 불이익을 받는 것 같아."

"설마 그러겠어? 네 실력 때문은 아니고?"

"아빠도 참! 요즘 세상이 어떤 세상인데…."

"……."

대한민국에서 예체능으로 손가락 안에 꼽는 선화 예중 3학년인 수민은 그 순간 무언가 생각난다는 듯이 젓가락질을 하다가 멈췄다.

"아 참. 우리 학교에 정말 춤 잘 추고 이쁜 애 있는 데 그 애? 어떻게 아빠 회사에 연습생으로 넣어주면 안 될까?"

"어허! 아빠가 아무리 부회장이라 해도 그건 월권이야. 안 돼."

"아빠!"

"왜?"

"나 친구들한테 이미 다 말했단 말야. 울 아빠가 AMC 그룹 부회장이라고."

"아직 어리구나. 쓸데없이 그러지 말라고 했지?"

"아빠는 애들 세계를 몰라서 그래. 선화 예중 다닐 정도면 대부분 집안이 괜찮다고. 다른 애들은 전부 자기 집안 자랑하는 데 거기서 가만있으면 내 체면이 뭐가 돼?"

"쯧!"

그러자 먼저 식사를 끝마친 후, 설거지를 하던 아내가 딸을 향해서 힘을 보태 주었다.

"그래요. 우리 아이 얼굴도 있지. 당신이 한번 힘 좀 써 봐요. 연예인 데뷔시켜 주는 것도 아니고 고작 연습생 넣어주는 건데 안 그래요?"

"그만. 적당히 해. 자꾸 사람 난처하게 만드네."

100조를 향해서

NEO MODERN FANTASY & ADVENTURE

Part 11-5. 마이더스의 손

Part 11-5. 마이더스의 손

"아빠!"

"아빠 안 죽었다. 자, 자. 밥 먹자."

"칫!"

"그보다 성준이는 미국 유학 수속 잘 진행되고 있니?"

최성준은 이제 고등학교 1학년이었다. 최상철이 AMC 그룹에서 승승장구해서 이제는 명실공히 2인자가 되자 평소 자식 교육에 관심이 많던 아내가 몇 달 전부터 들들볶은 탓에 아들 최성준의 미국 유학이 결정 된 것이다. 성준은 씩씩한 말투로 고개를 끄덕였다.

"네. 어제도 엄마랑 알아봤어요. L.A 쪽이라 날씨도 좋은데다 공립 학교라 몇 가지 수속만 밟으면 바로 입학이 가능하다고 그 쪽에서 확답 받았어요."

"미국의 외삼촌은 뭐라고 해?"

이번에는 와이프에게 고개를 돌려 질문했다. 오렌지, 사과 따위를 정성스럽게 깎아서 식탁에 내놓으며 와이프가 미소로 대답했다.

"뭐라고 하긴요. 그 쪽도 좋다고 하죠."

"그래?"

"그 대신 성준이 홈스테이 비용으로 한 달에 2천불씩 보내기로 했어요."

"2천불? 아무리 숙식한다 해도 너무 많은 것 아냐?"

"그럼 뭐라고 해요? 그 쪽에서 먼저 비용을 제시하는 데 그 돈도 비싸다고 하면 우리 체면이 어떻게 되겠어요?"

최상철은 기가 막히다는 듯이 약간 언성을 높였다.

"우리가 무슨 체면?"

"정말 당신! 휴우, 사람이 이제 부회장이면 그에 맞게 행동해야지 좀생이처럼… 이번에 성준이 미국 유학도 내가 먼저 나서서 고집 부리지 않았으면 성사가 되었겠어요? 당신?"

"쯧, 그 놈의 호들갑은!"

아내는 탐탁하지 않은 표정으로 반발했다.

"뭐라구요?"

"내가 무슨 재벌 그룹 사장인 줄 알아. 이제 겨우 기반이 잡힌 회사야. 무슨 대단한 복권이라도 맞은 것처럼 행동

하지 마. 뒤에서 남들 욕해."

"아! 몰라요. 아무튼 성준이 미국에 고등학교 보내면 지금보다 돈 더 필요하니 그리 알고 있으세요."

"허허. 미치겠군."

최상철은 본시 호인의 성격을 가진 낙천적인 인물이었다. 하지만 갑작스럽게 변한 주위 환경에 그는 최근 상당한 스트레스를 받을 수밖에 없었다.

그는 월급쟁이에 불과했다.

물론 연봉은 국내 5대 재벌그룹의 임원수준 뺨 칠정도로 상당히 높았다.

특히나 회장이 그를 배려해준다고 수시로 보너스를 주고, 이번에 받은 (주) AMC의 지분 0.75% 도 있었다.

알다시피 (주) AMC는 AMC그룹의 지주 회사로서 자회사를 관리하는 역할을 한다.

비상장 회사라서 현재 AMC그룹의 가치는 당장 산정이 불가능했지만, 전체 매출, 당기 순이익, 순자산, 이익 증가율을 계산해 보면 7천억 ~ 1조원의 지분 평가도 가능하다는 것이 회계 전문가의 이야기다.

그러니 여기서 0.75%는 대략 얼마일까?

대충 봐도 50-70억이 되지 않을까. 허나 불행히도 이 스톡옵션은 5년 동안 매매금지 약정이 걸려 있었다. 쉽게 말해 당장 현금화가 어려운 빛 좋은 개살구라는 의미였다.

그럼에도 가족은 그에게 바라는 것은 너무 많았다.

그 동안 서민으로 살다가 갑자기 복권을 맞게 되어 횡재를 하게 된 가족들처럼 이들은 탐욕을 부리기 시작했다.

원하는 것도 많다. 자식 교육 때문에 강남으로 이사를 가자고 해서 왔다.

아파트 30평은 좁다고 70평짜리를 사자고 한다.

그래서 대출을 얻고 구입했다.

그 외에도 수시로 그를 들볶았다.

이것 해 달라, 저것 해 달라.

이런 청탁이 단순하게 가족에게만 그런 것이었다면 이해했을 것이다.

이유야 어쨌든 아내와 자식을 젊은 시절 고생시킨 것은 사실이었으니까.

어디 그 뿐인가. 생전 연락도 안 하던 사돈의 팔촌까지 연락이 오고, 수십 년 동안 생을 까던 고등학교 동창이 필요에 의해서 찾아왔다. 그는 온후하고 성실했지만 그 반면 딱 끊어서 거절을 하지 못하는 성격이었다.

이는 자연적으로 강력한 스트레스로 작용했다.

＊

아이들이 아침부터 영어 학원에 간 후, 그는 부인에게

고민스런 눈빛으로 입을 열었다.

"…회장이 감사팀을 만들었어."

"그런데요?"

"휴우."

"……."

"이렇게 순진해서야. 설마 나까지 조사는 하지 않겠지
만 조금 불안한 것은 사실이야."

세탁기에서 빨래를 한 아름 든 채 성큼 들어와 옷을 널
고 있던 아내의 얼굴에는 불안한 기색으로 감돌았다.

"당신? 그게 무슨 뜻이죠?"

"무슨 뜻은…."

"감사라니? 당신 혹시 회사에서 부정 저질렀어요?"

"……."

"아, 진짜구나. 내가 미쳐! 굼벵이도 구르는 재주가 있
다고 어째서 그런 미련한 짓을 해요?"

"내가 하고 싶어 했겠어? 그리고 부정이 아니라 리베이
트를 좀 받아 먹었어."

"그게 그거지! 뭐에요!"

"……."

"아니, 그 좋은 직장에서 왜 그런 바보짓을 해요?"

최상철은 답답하다는 듯이 소파에서 일어나 뒷짐을 지더
니 서성거렸다. 그러다 투박한 어조로 핏대를 한껏 높였다.

"나라고 그러고 싶었을까? 집에서는 맨날 돈 돈 거리지. 회사 가면 청탁 때문에 찾아오는 인간들이 한 둘이 아니야."

"그래도 그렇지. 회장이 알면 어쩌려고?"

"아직 몰라."

"그래도?"

"당신이 몰라서 그래. 저번에는 편의점에 물건 넣는 업체 사장이 하도 졸라서 술 한 잔 했는데 집에 갈 때 뒷 트렁크에 5천만 원 현찰 다발을 가방에 넣어서 넣어 주더라. 그거 거절하느라 진땀 뺐어."

"인간들이 어쩜!"

"휴우, 내가 당신과 이야기하는 게 잘못이지. 그보다 처남 그 때 그 일…."

갑자기 화제가 아내의 남동생에게 전환되자 아내는 불편한 표정으로 뾰로통하게 대꾸했다.

"왜요? 또 뭐라고 하려고?"

"할 말은 해야지 안 그래? 그 때 처남 사업한다고 내가 보증 서주고 그 후 사업 망해서 8억인가 갚은 것…."

"이 인간! 겉으론 순진한 척하면서 치사하게 또 그 이야기 꺼내냐? 벌써 몇 번째야?"

"돈 8억이 애들 장난인 줄 알아? 앞으로 처갓집 식구들이 뭘 부탁해도 절대 안 들어줄 테니… 예전에 도움 받은 것은 그것으로 퉁치자고. 알겠어?"

"네, 네. 고맙습니다. 당신이 이리 잘 나가는 데 고작 그 정도도 못해줘서 그래? 그리고 그 때 그 난리치고 지금 와서 또 왜 이러는 거에요?"

"나도 집에 분란 일으키고 싶지 않아. 어쨌든 알고는 있으라고. 그 돈 8억은 내가 회사에 스톡 옵션으로 받은 주식을 담보로 회사에서 대출 받은 것으로 갚아준 거야."

"알아요. 알아!"

"……."

"흑흑. 인간이 이제 좀 잘나간다고 처갓집이나 무시를 하고…."

"야! 그 뜻이 아니라는 것 알잖아? 왜 이리 속이 좁아?"

"됐어요! 나 속좁아요."

"야!"

"……."

하지만 아내는 감정적으로 돌변하면서 그대로 안방 문을 쾅 닫더니 들어가 버렸다.

최상철은 순간 온 몸의 피가 전부 빠져나가는 그런 허탈함을 느꼈다. 피곤했다. 너무 지친 느낌이다.

그도 알고 있다. 예전 처갓집에서 경제적으로 힘든 그의 집에 도움도 주었던 기억을.

그 때문에 그가 회사에서 승승장구하자 처남이 사업을 한다고 했을 때도 전폭적으로 지원해주었다.

심지어는 그가 은행권에 개인 연대 보증까지 해주었던 것이다.

그러나 세상의 문턱은 그리 호락호락하지 않았다.

야심만만하게 사업을 벌이며 우쭐대던 처남은 불과 2년도 안 되어서 쫄딱 망하게 된다.

그리고 바로 야밤 도주를 했었다. 결국 대출금, 연체 이자, 세금 따위의 모든 부채는 보증을 선 그의 온전한 몫이 되고야 만다.

그도 인간인데 어찌 화가 안났을까? 그러나 다행히 그는 AMC그룹의 부회장이자 (주)AMC의 사장이었다.

2억이 채 안 되는 연봉으로는 연대 보증한 액수를 막을 수 없다 판단하자 그는 스톡옵션을 담보로 회장에게 부탁해서 돈을 메꾼 것이다.

그럼에도 적반하장으로 저런 식으로 나오자 기가 막힐 뿐이다.

허나 천성이 여린 그는 번거로운 상황은 피하고 싶었다. 그렇게 신혼 때 처가에 알게 모르게 빚진 것에 대한 대가로 스스로 합리화시켰다.

그보다 더 문제는 몇 차례 유혹을 참지 못하고 받은 리베이트가 문제였다.

아무리 변명을 해도 그 돈을 수뢰한 것은 사실이었기 때문이다.

입술을 꽉 깨물었다.

'내가 바보지. 어쩌다 이렇게.'

그 날 따라 이상하게 텁텁한 담배 향기가 매콤하게 느껴
지고 있었다.

망설임일까? 아니면 머뭇거림? 양심대로라면 회장에게
사실대로 말해야 옳을 것이다. 하지만 그에 실망한 나머지
회장이 그를 쳐낸다면 지금 그가 받고 있는 이런 대접은
먼지처럼 사라질 것이 뻔했다.

철없는 두 자녀의 뒷바라지를 생각하면 쉽게 결정하기
어려웠다.

세상이란? 확실히 쉬운 게 없었다.

＊

성림상호신용금고는 AMC 상호 신용금고로 상호를 바
꾸었다. AMC 계열사들이 입주한 진명빌딩은 한동안 재계
약 문제로 골치를 썩고 있었다.

진명빌딩은 원칙상 계열사의 입주 공간 확보 때문에 임
대차 계약 만료가 되면 임차인과 재계약을 맺지 않는다는
것을 원칙으로 했다.

그 때문에 향후 임차인의 불만을 고려해서 충분한 기간
을 두고 미리 통보를 한다.

하지만 이를 악용해서 고집을 부리는 임차인이 몇 몇 존재했다.

그러나 이런 경우 약자는 오히려 건물주였다. 결국 양자가 부딪치게 되면 진명빌딩측은 부득이하게 권리금 형식으로 뒷돈을 주고 내보내야 했다.

이른바 언론에 시끄럽게 떠들어서 '악덕 기업주' 이미지로 찍히는 것보다 이 방식이 시간적으로나 비용적으로 효과적이었던 것이다.

AMC 상호 신용 금고는 외연 확장을 목표로 기존의 역삼지점 외에 진명 빌딩이 위치한 1-2층을 본점으로 사용하기 시작했다.

그 외에도 1995년 내에 강북의 광화문, 부산과 대전에 지점 하나씩 더 내는 것을 내부 목표로 잡았다.

또한 국내 최초로 고객 신용 평가 시스템을 만들어 연체율을 최소화시키고 대출 상환율을 높이는 계기를 마련하게 된다.

✳

AMC 패션은 최근 복잡다난하다 할 수 있었다.

AMC 패션이 예전에 사들인 토지는 복건성의 성도인 복주시 북쪽 방향으로 불과 3-4km에 떨어지지 않는 요지에 위치해 있었다.

아무리 이 시대라 해도 공업용지로서 적정 시세는 25-35위안이 적당했다.

하지만 AMC 패션 사업부 중국 법인은 불과 12위안이라는 가격에 2백 만평의 대규모 토지를 매입했으니 앉은 자리에서 대규모 시세차익을 남기게 된다.

물론 그 계약의 이면에는 복주시의 고위 공무원과 밤에 이루어진 은밀한 로비 때문임은 부정할 수 없는 사실이기도 하다.

이제는 AMC 패션의 사장으로 벼락 승진한 차현태는 회장과 부회장의 호출에 따라 천천히 그간의 사업 성적을 보고하는 중이다.

"…얼마 전에 마지막 2개동 건축이 완료됨에 따라 현재 AMC 패션의 중국 생산 공장은 연건평 52만m²에 도합 26개동이 가동되고 있습니다. 그 26개동에는 1만 5천명이 수용 가능한 기숙사 및 부대 시설이 있으며 도합 275개의 생산 라인이 구축되어 있습니다."

"산술적으로 한 해 몇 장이나 생산 가능합니까? 공장 가동율은 얼마죠?"

"매월 최대 캐퍼가 440만장이고 연간 6천만장까지 가능합니다. 현재 가동율은 아직 36% 수준에 불과합니다. …하지만 한국 본사로 역수출과 최근 NIKE, PINK,

Target, GAP, POLO 등 글로벌 브랜드에서 시설을 둘러본 후, 조건이 만족스럽다고 계약을 연달아 체결하는 상황이라 물량은 늘어날 전망입니다."

"가동한지 꽤 되었는데도 아직 36%라니."

"전 세계 곳곳에서 오더가 오는 상황이라 저희 예측으로는 1-2년 내로 흑자 전환이 가능할 것으로 봅니다."

"그럼 불량율은 얼마나 되죠?"

차현태 사장은 논리정연한 목소리로 브리핑에 열중했다.

"최근 1분기의 불량률 평균은 2.54%로 나왔습니다. 현재 각 라인별로 원단 적재, 샘플 검수, 제단, 봉제, 다림질, 태그 작업, 제품 검수, 포장으로 세분화시켜서 생산성을 향상시켰습니다."

"……."

"특히나 각 라인마다 46명의 인원과 원래 5명이던 QC 요원을 7명으로 늘려서 배치시켰고, 2차 QC 검사도 랜덤으로 하는 상황이라 불량률이 전년보다 평균 0.65% 가 낮아졌습니다."

현수는 문득 미간을 좁히면서 말을 끊었다.

"패션 디자인팀 본사에서 옷을 디자인 할 때 여러 디자인 팀에 경쟁 시키는 것은 어떻습니까?"

"좋은 생각이십니다."

"앞으로 자체 품평회 하지 말고 외부 알바를 써서라도 객관성이 담보된 모니터링 집단에게 맡기세요. 그렇게 해서 가장 평가가 좋은 디자인을 내놓는 게 좋지 않을까요?"

"명심하겠습니다."

"거기서 괜히 사장이나 임원진의 사적인 의견 개입시키지 마세요. 전문가인 개인보다는 공통된 다수가 선택한 제품이 시장에 잘 팔릴 확률이 높습니다."

"네. 그럼 계속 진행하겠습니다. 아까 설명대로 디자인이 나오면 중국 현지 공장에서는 그 디자인에 따라서 원단을 생산하고, 염색을 거쳐 니트 Knit 편물 라인과 우븐 Woven 직물 라인으로 나누어져 완제품이 만들게 됩니다."

최상철은 보고서를 뒤적거리면서 전문용어가 나왔지만, 아는 척 하는 표정으로 질문했다.

"아, 그리고 저번에 보고서 보니 염색 공장의 1일 처리 물량이 생각보다 적다고 15kg에서 30kg으로 올린다고 증축 계획서 올린 것 같던데 맞나요?"

"네. 이미 증축에 들어갔습니다. 생지 원단 시설도 지난번에 부회장님이 직접 시찰하시고 만족하시면서 다녀가셨던 것 기억 안 나십니까?"

"아, 그건 알고 있어요. 아무튼 중국 법인쪽은 서정훈 법인장과 의논해서 잘 이끌어 가주시기 바랍니다."

"그러겠습니다."

"이제 곧 의류 공장 옆에 가구 공장을 건축하기 위해 이미 설계도 의뢰가 들어간 상황입니다. 토지매입대금까지 합하면 중국 쪽에 벌써 4백억 가까이 들어갔습니다. 결코 적은 금액이 아니에요. 특히나 경쟁업체인 E-LAND 동향을 적극적으로 파악하시고."

"네."

✳

현수는 간만에 느긋한 마음으로 테이블 위에 올려진 허브차 본연의 맛을 느끼는 중이었다.

허브는 심신을 맑게 해주고 생기를 북돋아준다고 하던데 확실히 깔끔한 느낌이다. 이제 그룹은 굳이 그가 신경 쓰지 않아도 되었다. AMC그룹은 마치 언덕에서 굴린 조그마한 눈덩이처럼 스스로 커지면서 저절로 굴러갔다.

그는 각 신문사별로 비서가 놓고 간 신문 중 하나를 펼쳐서 천천히 읽기 시작했다.

그러다 주식란에 시선이 돌연 꽂혔다.

무의식 중에 수많은 개별 종목의 가격대를 확인했다.

다소 아쉬운 점은 아직 이 시대에는 리버리지가 큰 주가지수 선물옵션 시장이 존재하지 않는다는 점이었다.

코스피를 대표하는 대형 종목 200개의 변동폭에 따라

연계되는 선물 옵션은 방향성을 정확히 예측하면 막대한 수익 창출이 가능했다.

물론 따는 쪽이 있으면 잃는 쪽이 있는 법이다. 파생 시장은 국가에서 유일하게 합법적으로 장려하는 도박판이면서, 피눈물 나는 잔인한 제로섬 게임이었다.

상승이 아닌 하락, 혹은 하락인데 상승에 베팅하게 되면 엄청난 손실로 이어지게 되는 것은 당연했다. 그 때문에 일확천금을 노리다 쫄딱 망해서 자살하는 이들을 보는 것은 그리 드문 일은 아니었다.

파생은 마약이었다. 그만큼 중독성이 강하다는 의미일 것이다.

뛰어난 정보력과 자금으로 무장한 기관 투자자들에게 개미들은 맛있는 먹이감에 불과했다.

설령 몇 번은 운이 좋아 개인이 승리한다 해도 그 달콤한 맛에 탐닉해서 결국 자신의 모든 것을 토해내고 제물로 바쳐질 따름이다.

대한민국에 파생상품 시스템이 정착하게 된 시기는 아마 1999년이었던 것으로 기억했다.

'미국으로 넘어가야 할 시기인가?'

점점 더 한국 땅이 좁다고 느껴졌다.

이미 진명빌딩의 대부분을 AMC의 계열사들이 차지를 하고 있었다.

거기다 더해서 문득 공부가 더 하고 싶어졌다. 이제 중국어는 거의 의사 소통이 자유로운 상황이다.

하지만 아직 영어는 부족한 부분이 많았다.

비록 회귀 전에 습득한 기본 영어와 그 후, 5년 동안 꾸준하게 영어 회화와 문법에 매달렸지만 한계가 있었다.

그 외에 1994년인 작년에 북한의 김일성 주석이 노환으로 사망하며 전 세계에 충격을 주게 된다.

올해 1995년에는 삼풍 백화점 참사가 예견되어 있었다. 삼풍 참사는 전 국민적인 비극이자 슬픔이었다.

하지만 현재 그가 어떻게 할 수 있는 일이 거의 없었다. 정확히 어느 시점에 건물 붕괴가 일어나는지 모르고, 설령 안다 해도 이 소식을 떠들어봤자 변하는 것은 없었다. 그가 할 수 있는 일은 지극히 부분적이었다.

100조를 향해서

NEO MODERN FANTASY & ADVENTURE

Part 12-1. 아방가르드를 부정하면서

Part 12-1. 아방가르드를 부정하면서

그리고 뭐라고 할까?

다소 감상적인 느낌이긴 해도 인간에 대한 그리움이 여전히 남아 있었다.

그는 이제 모든 것을 다 가졌다 할 수 있다. 물론 소위 말하는 재벌급 수준은 아니지만, 바로 그 아래의 준재벌급 역량은 충분했다.

이제 여기서부터는 돈이 돈으로 체감되지 않는 위치였다. 쉽게 말해서 남에게 과시하거나 혹은 생활의 질을 보다 안락하게 하기 위해서 돈을 버는 수준은 이미 지났다 할 수 있다.

인간의 욕구는 몇 단계로 나누어진다.

그 중 가장 기본적인 단계가 생리적인 욕구다. 이른바 먹고, 자고, 싸는 것을 가르친다. 이런 기본 욕구가 충족이 되면 그 후 찾게 되는 것은 성욕과 물욕이다. 물론 이것이 전부는 아니다.

그 위에 또 다른 상위 욕구가 존재한다.

자아실현이라는 명목으로 어떤 것에 몰두함으로서 타인의 존중을 받고 보람을 찾는 것인데 그 대표적인 예가 명예욕, 자선 봉사와 같은 무형적 가치의 추구다. 현재 그에게 부족한 것은 무엇일까?

여전히 모호할 따름이다.

✳

현수는 신문의 주식면을 펼치고는 깨알 같이 나열된 글씨를 하나씩 훑어보았다.

그러다 몇 몇 유명한 종목에서 시선이 멈추더니 나지막하게 한숨을 내뱉었다.

"포항제철 693,000원, 기아차 13,000원… 뭐야 회귀전이나 별 차이 없잖아? 어라? 삼성전자 120,000원? 예전에 얼마였지? 삼전이 백만 원 넘었나? 아마 그랬던 것 같은데? 아닌가?"

약간 아리까리했다. 그러다 문득 회귀전 삼성전자가

120만 원을 돌파하면서 애플에 비해서 저평가 되었다고 어쩌고 떠들던 뉴스가 기억났다.

지금 살까? 고민이다. 하지만 IMF가 마음 속에 걸렸다. 어차피 IMF가 오면 아마 그보다 훨씬 낮은 가격에서 삼성전자를 잡을 수 있을 테니 굳이 지금 살 필요가 없었던 것이다.

그러다 다른 업종의 종목을 확인했다.

"보루네오? 논노? 태광산업? 전부 나중에 망하는 종목이라 이런 건 거들떠 볼 필요도 없고. 돈은 넘쳐나는 데 정작 투자할 데는 마땅치가 않네."

❋

현재 그가 개인 명의로 보유하고 있는 현찰은 6백억에 가까웠다. 최근에 분당 금곡동에 공매를 통해서 190억이라는 막대한 단기 차익을 남긴데다 그 동안 또 다시 중국에서 현찰이 밀반입해 들어 온 탓이다.

이제 중국에 남은 예금은 그리 많지 않았다.

이미 4백억 이상이 중국 본토에 투자된 상황이고 6백억 이상이 지난 몇 년간 꾸준하게 한국으로 들어왔다. 이제 5백억 정도 남았는데 이 자금은 미래를 위해서 남겨 두어야 했다.

이 자금은 의류 사업이 아닌, 다른 사업을 벌이기 위한 종자돈이었다. 그만큼 2백만 평이라는 면적은 넓었다. 그리고 추후에 중국의 개혁개방 정책이 점점 더 활발해지면서 수많은 꿈을 가진 젊은이들이 그 조류에 휩쓸려 창업을 하는 데 이들 중 몇 몇 기업은 훗날 삼성전자보다 더 커지게 된다.

아무튼 현수는 이만한 현금을 그저 예금 통장에만 박아넣고 놀리기 싫어서 적당히 투자할만한 주식을 찾고 있었다.

이럴 때일수록 은행의 개인 금고에 고이 보관해 놓은 USB가 생각났다.

네이버 뉴스 라이브러리 파일.

회귀 전 함께 딸려 온 유일한 소지품이었다.

하지만 불행히도 USB를 꽂고 읽을 수 없는 호환성 문제가 발생하게 되자 한동안 잊고 지냈던 물건이기도 했다.

USB가 만약 제대로 효력을 발휘하게 되면 그는 황금의 날개를 얻은 것이나 마찬가지가 될 것이다.

이런 것을 생각하면 그래도 신은 공평하다고 할 수 있을까?

모를 일이다.

이제 겨우 한국의 50대 그룹 말석에 낄 수준에 올라왔을 뿐이다. 앞으로 그가 걸어가야 할 길은 멀고도 험했다.

개별 종목의 미래 주가를 모르는 관계로 내심 정한 기준의 첫째는 회귀 전에도 잘 나가는 기업으로 정했다.

둘째는 지금 가격과 회귀전 주가를 비교할 때 많은 차이가 있어야 했다. 셋째는 그 사이에 부도가 나서 사라지거나 법정관리로 가는 기업은 반드시 피하는 것으로 했다.

'어려워. 뭐 하나 만만한 일이 없네.'

이렇게 몇 가지 조건을 정하니 막상 베팅할만한 기업이 그리 많지 않게 된다. 그렇다고 무엇을 하는 지도 모르는 듣도 보도 못한 중소기업을 매수하기에는 그가 보유한 현찰이 너무 많았다.

1995년 4월 3일 매일 경제 신문 주가면

종합주가지수 : 934.09 (-21.42)

동원산업
전일종가 : 18,700원 변동폭 : +300원

롯데제과
전일종가 : 111,000원 변동폭 : +5,000원

한국이동통신

전일종가 : 12,100원 변동폭 : - 200원

신세계

전일종가 : 31,800원 변동폭 : +150원

'동원은 과거에 사십만 원까지 갔었고 롯데제과도 백
팔십만 원 정도, SK텔레콤의 전신인 한국이동통신도 수십
만 원까지, 신세계도 괜찮을 거야.'

스스로 기준에 부합하는 종목을 골라내다 보니 그 중 눈
에 띄는 4개 종목군이 살아남았다.

다시 한번 혹시 문제는 없는 지 검토했다.

"그래. 이 종목으로 사놓자."

어차피 금리 몇 %에 원치 않게 은행에 굴리느니 잠시
주식에 넣는 것도 괜찮아 보였던 것이다.

물론 미래에 어느 지역이 개발되어 발전하는지 알기 때
문에 수익률에서 부동산이 더 나은 것은 사실이다.

그러나 이제 곧 I.M.F가 온다. 부동산은 환급성이라는
치명적인 문제가 존재했다.

I.M.F처럼 대외 환경이 급격하게 악화되거나 현금이 부
족해서 부동산을 매각해야 할 경우 매수자가 없으면 잘못
하면 피박을 쓰는 것이 부동산이다. 그리고 본격적인 부동

산 호황이 시작되는 시기는 1999년부터였다. 아직 때가 아니었다.

그는 비서실장인 문하경 실장을 호출했다.

"부르셨습니까?"

"현재 내 개인 계좌에 잔고가 정확히 얼마나 있죠?"

"신한은행에 5백억 정도 있고 주택은행에 백억정도 예치되어 있습니다."

"그런가? 그러면 지금 신한은행 양재지점에 가서 5백억을… 아, 아니네요. 금액도 크고 간만에 내가 가는 게 더 나을 것 같네요."

"양재지점에 연락 넣겠습니다."

"그렇게 하세요."

원래 성격대로라면 비서실에서 그의 방문 소식을 사전에 통보하는 행위에 동의하지 않았을 것이다. 그는 겸손함과는 거리가 멀었지만 그렇다고 잘난 척 하는 성격도 아니다.

그런 관계로 비서의 과도한 의전 행위에 거북함을 느껴서 제지를 했으나, 얼마 못 가 변화된 환경에 수긍할 수밖에 없게 된다. 서민으로 살고 싶어도 그의 재력과 위치가 놔두지를 않았던 것이다.

지금처럼 은행에 미리 통보를 하지 않고 간다면 더 부정적인 결과가 생길 것은 뻔했다.

미국 CBS TV에서 인기리에 방영되었던 '언더 커버 보스 Under Cover Boss' 와 무엇이 다를까?

예상대로 신한 은행 양재 지점의 지점장과 영업 담당자가 그의 방문을 미리 인지하자 문 앞에 서성거리면서 환하게 웃더니 다가왔다.

"오셨습니까. 회장님?"

"아, 지점장?"

"처음 뵙겠습니다. 지점장 박덕수입니다."

"반갑습니다. 정현수입니다."

"먼저 저쪽으로 모시겠습니다."

"그러죠."

양재 지점장인 박덕수는 말로만 듣던 AMC그룹 회장의 어린 모습에 살짝 놀랐다. 그나마 다행히 AMC그룹의 비서실에서 미리 회장의 외모를 설명했기에 예의에 어긋나는 실수를 안했던 것이다.

개인 예금만 양재 지점에 5백억이 넘었다. 이 시대에 5백억은 상당한 금액이 아닐 수 없다.

어디 그 뿐일까?

AMC그룹의 자금 일부도 담당자를 끈질기게 설득한 끝에 최근에는 양재 지점에서 관리하기로 결정했다. 그 때문에 그의 영업 실적은 신한 은행의 무수한 지점에서도 손꼽힐 정도의 상위권에 올라 있었다.

지점장은 일반적인 은행원이 올라갈 수 있는 마지막 자리다. 대기업으로 치면 부장급이다. 그렇게 순환으로 로테이션하면서 여러 곳을 돌다가 정년이 되어서 퇴직하는 경우가 대부분이다.

그리고 그들 중 능력이나 인맥이 뛰어난 소수가 본사로 영전하여 별이라는 임원으로 승진하는 길을 걷게 된다. 박덕수의 경우에는 현재로서는 후자가 될 가능성이 꽤 높았다.

AMC그룹은 자산 및 매출, 이익 정도로 봐서 현 대한민국에 50대 그룹에 포함된다 해도 큰 무리는 없었다.

보통 이 정도 규모라면 은행의 본사 차원에서 영업 관리를 하는 것이 정상적이다.

쉽게 말해서 우리가 너희 은행에 예금을 얼마 해 줄테니 그 반대급부로 대출 한도와 금리를 잘 좀 맞춰달라고 제시를 하면서 밀고 당기는 협상이 진행된다.

그리고 그런 큰 권한이 일선 지점에는 부족하기 때문에 거대한 규모의 자금은 예치가 쉽지 않았다.

AMC그룹은 일단 자본 대비 부채비율이 상당히 낮은 편이라 대출을 쓸 이유가 거의 없었다.

그러니 그냥 지점에 돈만 맡기는 상황이었고 그 때문에 AMC 본사와 가까운 양재지점 같은 몇 몇 지점이 적지 않은 자금을 예치하며 특수를 누리고 있는 것이다.

그의 꿈은 본사 승진이었다. 어쨌든 이런 상황에서 갑자기 본사 회장의 방문은 득보다는 실이 많은 느낌이 강했다.

현수는 차분한 어조로 지점장의 눈을 직시하며 이야기했다.

"간단히 말하도록 하죠. 신한 은행에 맡겨 놓은 제 돈을 찾고 싶습니다."

"그, 그게? 혹시 저희 은행에 못 마땅한 점이라도 있으신지요?"

"그건 아닙니다. 단지 예금에 돈을 썩히고 싶지 않아서요."

"현재 저희가 드리는 금리보다 1%를 더 적용시켜 드리죠. 그러니…"

"죄송합니다."

"아니면 저희 은행의 투자 영업부에 그 돈을 맡기는 게 어떨까요? 국채, 주식, 부동산 등 다양한 상품과 믿을 수 있는 전문가들로 구성되어 있습니다."

"……"

지점장은 약간 당혹한 기색을 감추지 못했다. 일부 현금도 아니고, 그 많은 현금을 일시에 다 빼겠다는 말에 난감했던 것이다.

"그러지 마시고 그러면 일부라도 놔두시는 게…"

"음, 현재 잔액이 얼마죠?"

"천만 단위를 제외하면 521억이 예치되어 있습니다."

"그러면 500억은 이체해 주시고 21억은, 아니 20억은 놔두고 1억은 자기앞 수표로 발행해주세요."

"…알겠습니다."

"괜히 죄송하군요."

"아닙니다. 오히려 저희 입장만 피력해서 사과 드립니다. 나중에 기회가 되시면 다시 이용해 주십쇼."

"그럼요. 지점장님."

그 사이에 신한 은행의 여직원이 직접 들어와 가져 온 타행 송금 전표에 그는 싸인과 비밀번호를 적기 시작했다.

은행측에서는 혹시 몰라서 예금주의 주민등록증을 꼼꼼하게 확인하더니 현수가 지정해 준 삼성증권의 특정 계좌로 500억을 그 자리에서 이체시켜주었다.

동시에 1억은 자기앞 수표로 끊어서 건네 주었다.

얼마 후, 현수는 삼성증권의 강남역 지점을 방문하여 담당자에게 그가 정한 신세계, 한국이동통신, 롯데제과, 동원산업 외에 전망이 밝은 2종목을 더 추천받게 된다.

그리고 500억 한도 내에서 6종목을 매수하라고 부탁을 했다.

1995년 뉴욕의 아침은 달콤한 휘핑크림이 얹어진 수제 프레즐과 시큼한 블랙 커피가 잘 어울리는 낭만적인 도시였다.

　　그리고 새하얀 와이셔츠와 말끔한 정장차림 직장남자의 섹시한 구두걸음에 여자들이 오르가즘을 느끼기는 곳이기도 하다.

　　뉴욕은 마법의 도시였다.

　　밝음과 어두움, 희망과 푸념이 공존하는 장소다.

　　딱딱하고 거대한 초고층 빌딩과 지치고 스트레스를 받게 만드는 도심의 러시아워, 그리고 미국인의 긍지라는 자유 여신상이 그 사이에 우뚝 서 있다.

　　이 여신상은 오른손에는 횃불을, 왼손에는 독립선언서를, 7개의 뾰족한 왕관이 특징적이다. 리버럴하면서도 보수적인 미국인의 색채를 드러내며 그저 그들의 창대한 꿈을 엿보게 할 따름이다.

　　그 분주한 몽상가를 꿈꾸는 수많은 사무실 중에 미라맥스에 근무하는 대외 업무 협력 2팀의 부서장이 있었다. 알렉스 헤레라.

　　시니어 디렉터 Senior Director의 직책을 맡고 있는 아일랜드 혈통의 푸른 눈망울이 고혹적인 남자였다. 그는 최종 보고서를 훑어보다가 눈을 살짝 찡그렸다.

"어디 빠진 것 없나? 마크?"

"네. 혹시 몰라서 보고서에 오타가 있는 지도 두 번이나 체크했습니다."

"확실한 거지?"

"네. 확실합니다."

"너희도 알거 아냐. 그 지랄 같은 성미!"

"후후, 너무 서류를 복잡하게 만들어도 밥의 성격상 싫어할 게 뻔하지 않을까요? 제 생각에는 이 정도가 딱 좋을 것 같은데…."

"그런가?"

그는 부하 직원인 마크의 충고에 동의한다는 듯이 일어났다. 곧 15분짜리 비디오 테이프를 서류 가방에 넣으면서 천천히 사무실을 나섰다.

미라맥스는 원래는 저예산 독립영화를 취급하는 영세 업체라 할 수 있다.

하지만 1980년대 말부터 정복자 펠레 Pelle the Conqueror, 시네마천국 Cinema Paradiso, 지중해 Mediterraneo 등이 아카데미에서 연속 수상하면서 입지를 크게 높이게 된다.

그리고 1991년에는 스티븐 소더버그 Steven Soderbergh 감독의 섹스, 거짓말 그리고 비디오테이프 Sex, Lies and

Videotape가 독립 영화 사상 손꼽히는 흥행 기록을 세우면서 미라맥스는 1989년부터 제작으로 영역을 확대해 나가고 있었다.

최근에는 쿠엔틴 타란티노 Quentin Tarantino 감독의 펄프 픽션 Pulp Fiction이 대히트를 치면서 영화계에서 위상이 급격하게 높아지는 중이다.

알렉스는 가볍게 머릿속을 정리하면서 소회의실의 문을 노크하고 들어갔다.

그 안에는 그의 직속 보스인 케빈 프레드릭과 오너인 밥 와인스타인 둘이서 개걸스럽게 던킨 도너츠를 먹으며 대화에 여념이 없었다. 그러다 케빈 프레드릭이 손짓으로 환영 인사를 한다.

"알렉스! 어서 오게."

"식사를 안 하셨나 보네요?"

"하하. 아침을 안 먹어서… 자네도 하나 먹을 텐가? 던킨 어때?"

"아닙니다. 괜찮습니다."

밥 와인스타인은 팔짱을 낀 채 기묘한 표정으로 담당자인 알렉스를 응시하며 이야기에 참견했다.

"그래. 괜찮은 작품이 있다고?"

"그게… 영화는 아니고 애니메이션입니다."

"애니? 대체 무슨 헛소리야?"

"일단 한번 보시죠. 요즘 미국 스타일과는 많이 다릅니다."

"거 참!"

확실히 알렉스가 예상한 것처럼 만화 영화라는 소리에 좋은 소리를 듣지 못했다.

그도 그럴 것이 미라맥스는 작품성이 좋은 독립영화나 혹은 뛰어난 예술 영화를 배급하는 회사였고 이 2명의 배불뚝이 형제− 미라맥스의 설립자인 밥 와인스타인과 하비 와인스타인의 취향에 애니메이션은 전혀 아니었던 탓이다.

그럼에도 작품 담당인 알렉스는 냉랭한 시선을 뒤로 한 채 비디오 테이프를 넣고는 15분으로 요약된 애니메이션을 감상했다. 오프닝과 함께 시작된 만화컷에 누군가 감탄사를 내뱉었다.

"흠…."

딱 봐도 굉장히 잘 그렸다는 느낌을 받은 것이다.

지금 보는 애니는 동적이면서 캐릭터가 입체감이 흘러넘치고, 귀여운 월트 디즈니 스타일이 아닌, 정적이면서 스토리에 함의 含意가 높은 일본 애니메이션의 형태와 꽤 닮아 있었다.

뒤이어 '신세기 싸울아비' 라는 타이틀이 영문 자막과 함께 등장하면서 본격적인 이야기가 시작되었다.

15분짜리 샘플본이라 그런지 각 파트의 주요 부분만 훑고 지나가면서 정확한 줄거리 파악이 어려웠지만, 애니메이션이 그리고자 하는 바는 대략 명확하게 유추되었다.

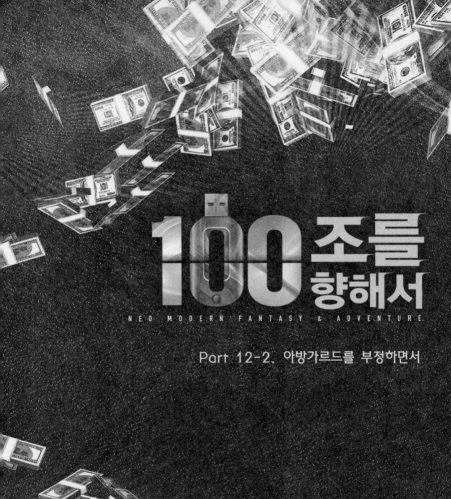

100조를 향해서

NEO MODERN FANTASY & ADVENTURE

Part 12-2. 아방가르드를 부정하면서

Part 12-2. 야방가르드를 부정하면서

서기 2000년 남극에 거대한 운석이 떨어졌다.

Second Impact! 첫번째는 공룡을 멸망시켰고, 이번이 두 번째 충돌이다.

해수면의 상승, 천재지변, 경제붕괴, 민족분쟁, 내란이 시작되고 세월이 흘러 어느 날 사도라는 엄청난 거대전투 병기가 등장 하게 되는 데…

그에 맞서서 생체병기인 '싸울아비'가 나타난다. 박진 감 넘치는 메카닉 전투가 이어지다가 장면은 재차 전환되 었다.

어린 주인공은 갈등하고 있었다.

그의 내면 뒤에 감추어진 사악하고 잔인한 자아, 그리고 친절하고 선량한 겉모습의 이중적인 괴리감에 대해서 만화는 거부감 없이 관중에게 해석했다. 뒤이어 버려진 기억에 대한 상처의 설명이 간략하게 이어진다.

이번에는 지하 기지로 클로즈업 된다.

그 연구실에는 정체를 알 수 없는 액체관 속에 담겨진 수많은 레이가 등장하는데 연구의 복제품이자 실패작이라 할 수 있다.

중간 중간에는 생체 병기 싸울아비의 정체에 대해 궁금증을 불러일으키는 장면이 돌출한다. 다양한 과거와 현재를 뒤섞으며 관중으로 하여금 한층 더 호기심을 증폭시켰던 것이다. 마지막 전투는 전형적인 미국 영화의 통쾌한 엔딩과 다르게 많은 의문점을 남겨두는 것으로 끝을 맺게 된다.

인간은 끝없는 욕심을 위해 사도를 만들고, 또 그 사도를 없애기 위해 또 다른 사도를 만들어 내야 하는 윤회론의 가치관적 초연이자 종말론의 재림일까?

✳

"생각보다 괜찮은데? 다시 한번 처음부터 돌려 봐."

"오케이."

밥 와인스타인의 표정은 확실히 아까와는 달라 보였다. 알렉스는 곁눈질을 하면서 내심 쾌재를 불렀다. 지극히 현실주의자이자 합리주의자인 이 배불뚝이 사장이 이 정도로 애니에 관심을 보인다는 자체가 절반의 성공을 보장한 것이나 마찬가지였다.

"이거 일본 애니메이션인가? 어디야? 제작사가?"

"일본은 아니고 한국입니다."

"뭐? 한국?"

"네."

"그 한국이 이 정도 퀄리티 작품을 뽑아냈다는거야?"

"에이전트를 통해서 샘플을 보내왔습니다. 미국 본토에 배급할 의사가 있으면 협상이 가능하다는 의견을 표시 해 왔습니다."

"왜 이렇게 성미가 급해? 잠시 기다려봐. 한번 더 보고 이야기하자고."

일본 애니메이션은 구미에서도 꽤 유명했다. 그도 어린 시절 마징가 제트, 그랜다이저, 은하철도 999를 보면서 흥미를 느낀 적 있었으니 오죽하겠는가.

그렇다 해도 딱 거기까지였다. 정식으로 영화 관람료를 내고 극장에 상영하기에 일본 애니는 미국 스타일에 어울리지 않았다.

무엇보다 싸구려 느낌이 강했다.

거기에는 지브리, 썬라이즈, 가이낙스 등 영세한 일본의 애니메이션 제작 환경도 한 몫 했다.

그러니 당연히 거대 자금력을 가진 월트 디즈니 애니메이션의 질감, 동작과 비교가 어려울 수밖에.

밥 와인스타인은 잠시 생각에 잠겼다.

의외였기 때문이다. 이름이 촌스러웠다.

신세기 싸울아비라니?

하지만 방금 보여 준 애니메이션의 퀄리티는 놀라울 정도로 수준이 높다.

다양하고 함축적인 스토리텔링은 물론이고, 공을 들인 티가 확실히 엿보였다. 일반적으로 일본 애니는 TV 판의 경우 1초당 동적 이미지 컷이 8 프레임이, 극장판의 경우 10-12 프레임이 들어간다.

그 반면 미국 월트 디즈니의 경우엔 22-24 프레임을 채워 넣는 데 신세기 싸울아비는 24 프레임을 완벽하게 넣은 것으로 느껴졌다.

그러니 이토록 캐릭터의 움직임이 살아 넘치는 생동감을 가졌던 것이다.

어디 그 뿐인가?

일본 애니 특유의 인건비 절약 때문에 배경이 되는 밑그림에 공백이 나타나거나 다소 허술한 부분이 눈 씻고 찾아봐도 없었던 것이다. 웅장한 오케스트라로 제작한 OST는 또 어떤가. 장면 하나하나 또한 굉장히 훌륭한 질감이었다.

저절로 감탄사가 내뱉어졌다.

"대단하군. 이 정도면 적어도 일이천만 달러 이상은 투자된 것 같은데? 이 놈들 대체 뭘 믿고 이런 거야?"

"…글쎄요. 한국을 가본 적 없어서 뭐라 말은 못하겠지만 이쪽 업계에 지식이 없는 돈 좀 있는 투자자가 푸쉬한 게 아닐까요?"

"만약 100분짜리 완결판이 지금과 동일한 퀄리티를 보장해준다면 생각해보지. 아 참! 디즈니에서 이번에 포카혼타스 개봉한다고 하지 않았어?"

"아직 시간이 좀 남았습니다."

밥 와인스타인은 실눈을 뜨면서 퉁명스럽게 반문했다.

"그래?"

"듣기로는 여름 성수기에 밀지, 아니면 대작들 피해서 6월에 할지 고위층 결정이 안 떨어졌답니다."

"그 놈들도 참! 작년에 라이언 킹으로 얼마나 벌었지?"

"잠시만요. …자료 좀 보겠습니다."

알렉스는 노련한 인물이었다. 그는 와인스타인의 변덕스런 성미를 익히 알고 있었기에 늘 작은 서류 가방에는 각종 자료가 수북하게 쌓여 있었다.

와인스타인은 뜬금 없이 이상한 질문도 자주 던졌고 제대로 답변하지 못하면 무능한 인물이라고 찍는 경우가 많았던 탓이다. 아랫사람으로서 살아남는 기술 중 하나였다.

"라이언 킹은 작년 말 세계 기준으로 7억 8천만달러 성적을 찍었습니다. 그 해 아카데미 음악상을 받았고…."

"됐어. 디즈니 놈들… 그리고 아까 그 애니 이름이 뭐라고? Shaul-Abi가 대체 뭐야?"

"싸울아비는 한국어로 무사라는 뜻을 가지고 있답니다."

"동양 놈들. 아무튼 열등감은 쯧! 케빈 자네 의견은 어떤가?"

그 때까지 둘의 대화를 청취만 하던 케빈 프레드릭은 고개를 살짝 저으면서 부정적인 태도를 견지했다.

"작품이 너무 매니아틱합니다. 메카닉물이면 관람층이 극히 한정적인데다 너무 복잡하게 스토리를 만들었어요. 작품성면에서는 확실히 훌륭하고 그림체는 놀랍습니다. 하지만 상영하기에는 타산이 안 맞습니다."

"그런가? 나도 그 생각은 해 봤어."

"……."

"하지만 이 세상은 말이야. 모험이 없으면 성공도 없는 법이지. 뛰어난 인물은 언제나 격식을 파괴하거든."

"와인스타인… 그 뜻은?"

알렉스는 마른 침을 꿀꺽 삼키며 밥 와인스타인의 결정을 기다렸다. 미라맥스도 최근 거의 준 메이저급까지 올라와 있었다. 미국에서 소위 말하는 메이저 영화 제작사인

파라마운트, 소니픽쳐스, 유니버셜, 21세기 폭스, 월트 디즈니 이후에 랭크되는 수준이었다.

그런 탓에 지금처럼 무명 영화나 혹은 인지도가 낮은 영화를 프로모션하면서 배급을 요청하는 경우가 비일비재하였다.

그런 수백 개 작품 중에서 치밀한 검토를 통해서 기안한 작품이다.

미라맥스에는 알렉스팀만 있는 것이 아니다.

이 결정은 그의 회사 내 위상과도 적지 않게 관련이 있었다.

허나 밥 와인스타인의 대답은 이도 저도 아니었으니.

"분명히 우리한테 오기 전에 메이저 제작사에 이것을 돌려 봤을거야. 그럼에도 우리한테까지 왔다는 것은 다 까였다는 의미가 아닐까?"

"그럴테죠. 메이저 놈들이 보통 놈들입니까? 철저히 검증되고 안정성 있는 작품만 선택한다는 불문율로 보면 틀린 말이 아니죠."

"모두 월급쟁이니 별 수 있겠어? 좋아. 한국 측에 애니가 마음에 드니 미국에 개봉해주겠다고 해."

"정말입니까?"

"와이드 개봉은 아니고 소규모로 200-300군데 해주면서 나중에 좌석 점유율이 좋으면 와이드로 올려주겠다고 당근 좀 주면서 좋은 조건으로 끌어와 봐."

"네."

"케빈의 생각처럼 작품은 좋지만 리스크가 너무 커. 우
리는 최대한 배급 마진 높이고 나중에 비디오 등 2 차 부
가 판권 조건을 유리하게 협상하도록."

"그러다 안 되면 어떻게 하죠?"

밥 와인스타인은 약간 신경질적인 표정으로 알렉스를
쏘아 보면서 투덜거렸다.

"안 되면 마는 거지. 뭐? 안 그래? 이 바닥이 어떤 곳인
지 알면서 묻는 거야? 우리가 왜 그쪽에 끌려가?"

"무슨 뜻인지 알겠습니다. 그럼 바로 한국에 연락해서
이쪽으로 와서 미팅을 진행하자고 하겠습니다."

"그래. 작품 좋다고 띄워주면서 실리만 챙겨."

"네."

❋

AMC Game의 대형 품평회실에는 수십명의 직원이 숨
을 죽이면서 모처럼만에 긴장감이 엿보이고 있었다. 정면
에는 대형 TV와 매끈한 세로형 셋톱박스, 그리고 무선으
로 생긴 동작 인식감지기를 든 사람이 서 있었다.

"시작합니다."

낭랑한 목소리와 함께 TV 화면에 'AMC Will'이라는 게임기 로고가 멋들어진 글씨체로 2-3초간 나오더니 곧 사라졌다.

그 후 'Load'가 시작되었다.

얼마 후, 마치 작은 필통처럼 생긴 직사각형의 무선 리모컨 플러스가 손에 들려졌다.

이른바 동작인식감지기라 명명된 이 기계는 TV 모니터에 연결된 점박이 센서와 수평으로 마주한 채 활성화 과정을 거쳤다.

그리고 화면에는 축구, 야구, 농구, 탁구, 테니스 따위의 스포츠 종목 리스트가 나란하게 펼쳐진다.

몇 가지 콘트롤 동작이 이어졌고, 곧 게임 캐릭터가 등장하기 시작했다. 시범 테스터로 선정된 늘씬한 남자 모델은 선택한 농구 동작처럼 무선 리모컨 플러스를 손에 쥔 채로 움직이고 있었다.

그리고 그 동작은 놀랍게도 실제 농구를 하는 모습 판박이 모습 그대로다.

허리를 숙이고 자유자재로 공을 드리블한다.

스텝에 따라 회피를 하더니 기회를 봐서 패스와 슈팅도 했다.

게임 속의 캐릭터는 현실의 조종자의 행동대로 마치 복제품처럼 뛰어 다녔던 것이다.

주위에서 웅성거리기 시작했다.

"저런! 대단한데?"

"슛 동작을 하니 바로 슛을 쏘다니! 헐! 대박!"

"움직임도 생각보다 부드럽지 않아?"

"믿을 수 없군. 캐릭터가 왜 저렇게 이뻐?"

대다수가 놀라움이 가득한 폭발적인 반응의 연속이었다.기실 이 게임 프로젝트는 2년 전부터 회장의 비밀 지시로 진행된 사항이었다.

작년에 등장해서 세계적으로 돌풍을 일으켰던 소니의 플레이스테이션과 닌텐도 게임보이에 맞서서 전혀 새로운 타입의 콘솔 게임기를 극비리에 개발하라고 한 것이다. 그러니 AMC Game에 근무하는 직원조차도 이 콘솔 게임의 정체를 잘 몰랐던 것이다.

들리는 이야기로는 지금의 콘솔 게임기 개발을 위해서 그룹차원에서 수백억 이상 투자를 진행했다는 게 정설이었다.

콘솔 게임 사업은 웬만한 중소기업이 덤빌 수 있는 영역이 아니다.

PC 게임과 달리 경쟁자는 소니, 세가, 닌텐도라는 거인이었다. 브랜드 인지도, 기술력, 자금력에서 비교 자체가 어려운 상대였다. 그리고 오늘 이 작품이 면사포를 꽁꽁 둘러맨 결혼한 새댁의 부끄러운 낯처럼 세상에 선을 보이게 되었다. 그 안에는 수많은 연구직원의 눈물 어린 노력이 존재한다.

이제 시작일까?

천만에!

아직 갈 길은 멀었다.

AMC Will로 명칭된 동작 인식 게임기는 세계 시장을 노리고 제작된 제품이다. 정식으로 출시되면 게임의 판매를 위해서 천문학적인 마케팅 비용이 들 것은 불문가지다.

그런 탓에 몇 개월전부터 그룹에서는 전략적으로 미국과 유럽의 몇 몇 투자그룹과 긴밀하게 대화를 하고 있었다. AMC그룹의 지분 일부를 넘기는 조건인 투자 유치 협상이다.

앞에서 팔짱을 낀 채 콘솔 게임기를 주시하던 정현수 회장이 만족스럽다는 듯이 입을 뗀다.

"확실히 신세기 싸울아비에 참여한 작가를 'Will 프로젝트'에 넣은 것은 결과론적으로 옳은 판단이었네요."

AMC Game 백상기 사장은 부드러운 어조로 대답했다.

"…말씀하신 대로 그림체가 뛰어난 작가진 때문에 게임의 매력이 한층 더 사는 것 같습니다."

"동감입니다."

"알다시피 소니가 다른 콘솔 게임업체를 이긴 것은 막강한 자금력으로 게임 소프트 업체와 긴밀한 관계를 유지했기 때문이죠. 이를 통해서 다양한 게임 라인업을 갖추었고 그것이 성공의 원인이 되었습니다."

"우리도 후발주자처럼 따라 갔다면 어려웠겠죠?"

"네."

"이번에 인수한 콘솔 게임기 생산 제조라인 품질 잘 관리하시고 특히나 구기 종목인 Will Sports 말고, 양궁이나 달리기, 수영, 체조 등으로 올림픽 종목으로 새로운 타이틀 게임 하나, 간단한 슈팅이나 검술 등으로 하나 더 해서 일단 기본 3개로 준비해주세요."

"알겠습니다. 어차피 저희 게임기는 현대 컴보이나 삼성 알라딘 게임기와 비교 대상이 아니라 국내 시장은 큰 걱정은 없지만, 문제는 해외 시장입니다."

현수는 이해한다는 듯이 나지막한 어조로 반문했다.

"결국 자금 때문인가요?"

"네. 해외 시장을 공략하려면 일단 미국 법인부터 설립하고 홍보에 들어가야 하는 데 정상 궤도에 올리기까지 비용이 만만치가 않아 보입니다."

"…그 부분은 크게 신경 쓰지 마세요. 내가 알아서 할테니."

시제품 테스트는 성공적으로 끝이 났다.

테스터는 혹시 모를 버그를 잡아 내기 위해서 인간이 구현할 수 있는 거의 모든 동작을 취했고, 어느 방향에서 움직였을 때 최대 어느 각도까지 감응이 가능한지도 파악했다.

동작 감응 인식기는 사실 크게 어려운 기술은 아니다. 이미 무선 리모콘으로 TV를 제어하는 그 기술에서 좀 더 진화되어 응용된 것이다.

그럼에도 국내에는 이 기술을 가진 기업이 없어서 수소문 끝에 일본의 한 업체를 만났고, 독점 계약으로 전량 수입에 의존하는 형편이었다.

원래 이름은 Nintendo Will.

그 전까지만 해도 소니에게 밀려서 크게 고전했던 닌텐도를 세계 시장에서 크게 각인시켜준 그 게임이다.

물론 회귀 전에 진짜 닌텐도 Will이 가졌던 부드러운 동작 구현과 달리 AMC Will은 꽤 많은 차이가 있었다.

이 시대가 가진 기술의 한계였고 모니터의 색상 문제도 한 몫 했을 것이다.

예전 닌텐도 Will은 세밀한 동작도 가능했지만 아무래도 투자비의 차이 때문인지 야심작 AMC Will은 어색한 동작이 많았다.

그럼에도 품평회실에 앉아 있던 관련 간부들의 표정에는 마치 대항해 시대의 스페인 해적이 숨겨 놓은 보물섬을 본 것 같은 그런 들뜬 분위기였다.

그만큼 이 시장은 노다지 시장이었고 엄청나게 거대한 마켓이었다.

그에 더해 AMC Media Tech의 애니메이션을 전문으로 그리는 작가를 참여시켜 직접 수 만 장의 동화를 프레임으로 돌려서 구현시켰다.

이들이 참여한 스포츠 게임의 캐릭터는 살아 숨 쉬는 생동감과 함께 굉장한 매력을 가지게 된다.

배경도 마치 만화 속으로 들어간 것처럼 세련되면서도 멋진 장면이 많았다. 과거 닌텐도 Will의 단순하면서도 촌스럽고, 유아틱한 장면과는 하늘과 땅차이였으니 오죽하겠는가?

돈을 떠나서 한국인이라는 자부심을 느꼈다.

예전에 소니나 닌텐도가 한국의 불법 카피와 시장이 좁다는 이유로 그들이 얼마나 한국을 무시했는지 알고 있었기 때문이다. 그 때는 방법이 없었다. 하지만 지금은 아닐 것이다.

현수는 그 자리에서 AMC Will을 멋지게 탄생시킨 연구팀에게 적지 않은 보너스 봉투를 주면서 일일이 격려를 하기 시작했다.

"모두 수고했습니다."

"수고하셨습니다."

"그리고 백 사장님?"

"네."

"이번 콘솔 게임기 개발에 관여한 연구팀 전원에게 2주간 휴가 내리시고 원하는 분에 한해서 괌으로 4박 5일 보내주세요."

"알겠습니다."

연구 직원들의 얼굴에는 환호와 기쁨, 그리고 고생에 대한 눈물이 한데 어우러지며 한껏 고조되는 지금의 기분을 즐겼다.

✳

현대 자동차 논현지점은 토요일이라 그런지 영업 사원이 그리 많지 않은 편이다. 그 중 당직인 장제훈은 오늘도 객장을 방문한 노부부에게 카탈로그를 보여주면서 열정적으로 자동차 소개를 하는 중이다.

"이 정도 조건에 옵션이면 상당히 괜찮습니다. 거기다 올해 나온 신차입니다. 오죽하면 전 모델명인 엘란트라를 버리고 아반떼로 바꿨겠습니까?"

"가죽 소파는 그냥 공짜로 해줘요. 벌써 세 번째 방문인데 너무하네."

"손님 죄송합니다."

"……."

"가죽은 힘들고 다른 걸로 해드릴테니 그냥 이걸로 하세요. 요즘 생산량이 따르지 못해서 더 이상 할인은 어렵다는 것 아시잖아요? 네?"

"거 참. 안 되겠네. 아까 대우차 봤는데 거기가 더 조건이 더 좋던데 암만해도 거기 가봐야겠어."

"손, 손님?"

"돈이 한두푼도 아닌데 한 번 더 고려해보고."

"휴우……."

장제훈은 노부부가 그 자리에서 벌떡 일어나 바로 문을 열고 나가자 이러지도 저러지도 못한 채 서 있어야 했다.

영업을 하게 되면 간도 쓸개도 다 빼줄 자신으로 해야 한다지만, 이번에 노부부는 좀 심한 부분이 있었다.

지난 한달 내내 수도 없이 방문해서 이것저것 물어보고 견적까지 다 뽑아서 오늘은 경험상 계약을 할 줄 알았다.

일반적으로 자동차의 경우엔 가격이 고가인 관계로 처음 온 손님 중 바로 계약으로 연결되는 경우는 극히 드물었다. 적어도 3-4번 이상 와야 계약에 근접해진다.

그러니 그는 투덜댈 수밖에 없었던 것이다.

"아니. 안 깎아 준 것도 아니고 할인해주고 또 깎아 달라니! 우리가 땅 파서 장사하는 것도 아니고 말야. 쫌생이들!"

"어이. 장 실장! 여기 손님 좀 안내해드려. 난 외출 좀 할게."

"아, 네."

불만도 잠시. 그는 바로 넉넉한 미소로 변화시키더니 선배와 함께 걸어오는 앳된 젊은 청년에게로 시선을 돌렸다. 고가의 슈트에 깔끔한 구두, 젤로 세운 짧은 머리칼, 둔탁한 안경, 무엇보다 어깨가 쫙 벌어져서 여유로움이 엿보였다.

그럼에도 그는 선배가 왜 그에게 이 손님을 넘겼는지 바로 알아차렸다. 너무 젊었던 탓이다.

100조를 향해서

NEO MODERN FANTASY & ADVENTURE

Part 12-3. 아방가르드를 부정하면서

Part 12-3. 아방가르드를 부정하면서

　설령 차를 구매할 마음이 있다 해도 처음 방문할 때 구매하는 경우는 극히 드물었다. 허나 장제훈은 성실한 영업사원이다.

　즉시 접객용 멘트를 살갑게 붙이면서 다가가더니 입을 열었다.

　"안녕하세요?"

　"아, 네."

　"원하시는 차종이 있습니까?"

　"음, 그 뭐죠. 그랜저인가?"

　"그럼요! 안목이 있으시네요. 한국에서는 누가 뭐라고 해도 그랜저가 최고죠. 일반적으로 대한민국 최고의 상류

층이 타는 자동차 아닙니까? 선생님 스타일에 딱 어울릴 것 같네요."

"네? 그랜저가 최상류층이 탄다고? 누가 그래요?"

"아…."

현수는 알게 모르게 조금씩 달라지고 있었다.

주위의 환경 탓을 하는 것은 우습지만, 실제 누구나 그에게 고개를 숙였고, 그는 타인에게 지시만 내리는 입장이다 보니 무의식중에 꽤 거만하게 변한 것이다.

물론 그 행동이 악의는 아니었다 해도 상대가 때에 따라서 빈정 상하는 것은 이상하다 할 수 없다.

장제훈은 약간 인상이 굳었으나, 뭐라고 반박은 하지 않았다.

현수는 검은색 1992년 그랜저 신형에 앉더니 대시보드를 슬쩍 둘러보았다.

✳

"이게 각 그랜저 이후에 나온 모델인가요? 디자인은 나쁘지 않은데?"

"그럼요. 현대차의 기술력이 집약된 모델입니다. 이번 모델은 특히나 서스펜션에 신경을 많이 써서 승차감도 좋고 엔진도 터보로 업그레이드 되었습니다. 가격은…."

"아, 가격은 괜찮아요."

"……."

"참, 배기량이 어떻게 되죠?"

"2천cc에서 3천cc까지 있습니다."

"그래요?"

"네."

"뭐 하나만 물어봅시다. 혹시 다음 주에 그랜저 출고 가능하나요?"

뒤에 있던 장제훈은 약간 난감한 표정으로 말했다.

"그건 힘들 것 같습니다. 알다시피 요즘 적어도 30-40일은 기다려야 차를 인수 받을 만큼 밀려 있어서요."

"이런? 그렇게 늦어요? 안 되는데?"

"죄송합니다."

"그러면 이러면 어떨까요? 제가 오늘 계약서 쓰고 잔금 다 치루어도 정말 안 되겠습니까?"

"그, 그게. 저라고 안하고 싶은게 아니라 정말 불가능합니다. 손님."

"그럼, 저기 전시 모델은 어때요?"

"저건 새 차가 아닌데…."

"괜찮아요. 급하게 차를 다음 주에 쓸 일이 있어서 그런거니… 전시 모델이 그랜저 3.0맞나요?"

"3.0맞습니다. 풀옵션 장착 모델입니다. 그런데 정말 카탈로그나 가격은 안 보셔도 됩니까? 참고로 그랜저 최고 모델은 세금까지 포함하면 3천만 원이 넘습니다."

"좋아요. 여기! 이걸로 하죠."

장제훈의 동공은 한껏 확장되었다가 멈추었다.

정현수가 지갑에서 수표 1억 원을 꺼내자 지금까지 걱정하던 모든 우려들이 싹 사라지는 것을 느꼈던 것이다.

그는 재빨리 사무실로 들어가 계약서를 가져오더니 싸인을 하기 시작했다.

외제차 딜러샵에서 근무한 경험이 있는 동료들은 가끔씩 이런 경우를 본 적 있다지만, 현대차 딜러샵에서 이런 경우는 태어나 처음 보았다.

확실히 금전이 영향을 미치자 다소 얄밉고 건방져 보이던 젊은 고객에 대한 이미지가 능력 있는 비즈니스맨으로 탈바꿈되었으니 이 얼마나 기막힌 일인가!

그렇게 빠르게 서류 절차를 마친 후, 그를 배웅하기 위해 나섰을 때 어째서 그가 카탈로그도 안 보고 자동차 가격도 묻지 않았는지 알 수 있었다.

현대차 매장 바로 앞쪽에 주차된 은빛으로 번쩍이는 외제 자동차가 보였던 탓이다.

메르체데스 벤츠. 그것도 E 클래스가 아닌 최고급 모델인 S 600이다. 30평 강남 아파트 1채와 맞먹는다는 기본 가격만 1억 9천 8백만 원이 넘는 모델이었다.

그 은빛의 번쩍이는 광을 내면서 벤츠 S 600 이 서서히 움직이고 있었다.

저런 사람은 뭐하는 사람일까? 장제훈은 부러운 시선으로 그저 응시할 따름이다.

❋

현수가 작년에 면허를 따고 난 후부터 회사 명의로 된 벤츠 S 600은 이제 그의 소유가 되었다. 그 대신에 그는 회사 임원용으로 아우디부터 그랜저까지 다양하게 법인 차량으로 매입하여 직급별로 기사까지 붙여주었다. 그러니 그들로서도 큰 불만은 없었다.

그는 음악 CD를 들으면서 강남대로를 질주하는 중이다. 멋진 승차감, 안락한 가죽, 경쾌한 스피드. 주위의 시선은 이제 거의 신경 쓰지 않았다.

그럴수록 피곤했던 탓이다. 그보다는 다른 부분이 살짝 고민이다.

아니 애매함일까?

그랜저를 굳이 산 이유도 이종우와의 약속 때문이었다. 그 놈의 중경삼림이 뭔지 참. 아니 그보다 친구가 너무 없다는 게 문제일 것이다. 예전의 기억이 문득 떠올랐다.

- 이번에 영어 유치원 보내는 데 말이야. 생각 외로 효과가 없더라. 실제 수업하는 건 원어민 반에 한국 선생 반인데⋯ 월 65만 원의 가치가 있는 지 그것도 모르겠고⋯

　- 현수 넌 어때? 아직도 빌라야? 어렵더라도 젊을 때 한 푼이라 더 모아서 자기 집을 장만해야지. 안 그래? 자식! 힘내라!

　- 야! 쫌생이 같이! 누구는 돈이 남아돌아서 그러는 줄 알아? 어떻게 된 놈이 밥 먹을 때 한 번을 안 쏘냐? 너도 징하다. 징해.

　인간은 객관적인 척 하지만 그렇지 않다.
　모두들 자신의 입장에서 사물을 합리화시키는 뛰어난 재능을 가지고 있다.
　가진 이들은 모른다. 가진 것이 없는 이의 저 심연 속에 숨겨진 치사한 열등감을.
　그가 그랜저를 산 이유는 간단하다.
　벤츠는 이 자리에 어울리지 않다 판단한 것이다.
　약자에 대한 작은 배려다.

괜한 우월감으로 신분을 감추고 고의로 스릴감을 느끼는 그런 유치한 행동을 할 만큼 시간이 남아 돌지도 않았다.

생각 없이 벤츠를 몰고 가면 그 친구가 받을 충격이 두려웠던 것이다.

씨네 하우스는 예전이나 지금이나 변함이 없었다.

마치 예전의 집으로 돌아온 그런 느낌이었다.

모두 익숙한 지형이다. 도산대로의 뒤편에 위치한 유료 주차장에 차를 주차할 때 저 멀리서 찬형의 각그랜저가 유유히 들어왔다.

그도 작곡으로 많은 돈을 벌어서 이제는 꽤 부유했다. 또한 아직 AMC그룹의 지분 일부가 있었다.

그 지분의 가치 평가액은 그들의 상상 이상으로 높았지만, 찬형에게는 아직 언급조차 하지 않았다. 아직 어린 나이에 벌써부터 괜한 헛바람을 주기 싫어서다.

그 사이에 찬형과 그의 여자친구가 내리며 반갑게 인사를 했다.

"오랫만이야."

"좀 일찍 왔네? 안녕하세요. 수영씨?"

"아, 안녕하세요. 현수씨."

"자식! 수영씨가 뭐냐? 앞으로 형수님이라고 불러. 형수님!"

"또 시작이다. 까불기는! 그렇게 깝치다 맞으면 안 아프냐?"

113

"내가 너한테? 웃기고 있네. 그보다 미정씨는?"

"영화 촬영 때문에 조금 있다 오기로 했어. 일단 저기 카페나 먼저 들어가는 게 어때?"

"그럴까?"

카페에 앉자 현수는 무언가 까먹은 게 있다는 듯이 다시 의자에서 일어나며 말했다.

"종우도 조금 있으면 올 거야. 너도 종우 알지? 이종우?"

"…종우? 아, 잘 알지. 그 놈 요즘 뭐하나?"

"무슨 회사 다닌다고 하던데? 잠시 기다려. 먼저 온 놈이 영화 표 예매하기로 했으니 나 먼저 나갔다 올게."

씨네 하우스의 매표소 창구는 한산한 편이었다.

회귀 전에 영화 한 편을 보려면 줄을 서면서 기다렸던 기억을 생각하면 확실히 세대 차이가 느껴졌다. 6장의 표를 끊고 돈을 지불 후, 다시 돌아왔을 때 종우와 그의 애인으로 보이는 여자가 카페에 앉아 있는 것을 발견했다.

"이야! 오랫만이네. 이쪽은 찬형. 너도 알지?"

"그럼. 반갑다. 자식! 연락 좀 하지 그랬어?"

"뭐 바빴지."

종우는 다리를 꼬더니 멋들어진 자세로 빙긋 웃으면서 찬형에게 말했다.

"찬형이 넌 요즘 뭐하나?"

"예전에 작곡 좀 하다가 때려 치우고 지금은 신촌에 술

집 하나 하고 있어."

"그래? 술집? 그거 하려면 돈 많이 들텐데?"

"뭐, 그냥 그렇지."

"술집은? 잘 되고?"

"잘 되기는… 남는 게 없어. 재미도 없고."

이번엔 수영이 장난스럽게 끼어들어 대뜸 핀잔을 줬다.

"그러니까. 게으르게 놀러만 다니지 말고 가게에 신경 좀 쓰라니까. 오빠도 참!"

"아, 몰라. 망하면 망하는 거고… 뭐 안 되면 현수가 나 먹여 살리겠지. 안 그렇냐?"

현수는 그의 세찬 눈흘김을 맞받아치면서 관심 없다는 듯이 냉랭하게 퉁퉁거렸다.

"시끄러. 내가 널 왜 먹여 살려. 두 손 두 팔 멀쩡한 놈이!"

"자, 자. 그만해. 싸우지 말고. 세상일이 뭐 쉬운 게 있겠어."

"그보다 넌 어때? 회사 다닌다면서?"

"응. 그냥 경험 삼아 다니고 있어. 영업직이라 피곤할 때는 사우나도 가고 쉴 때는 쉬지만 그 대신에 위에서 쪼는 데 실적에 대한 압박이 장난 아니야."

그러던 그 때 멀리서 미정이 등장했다.

"아! 저기 오네. 미정씨!"

"오랜만이네요. 안녕하세요."

"여기는 친구 찬형이 그리고 수영씨."

"반가워요."

갈색으로 염색한 머리칼, 촉촉하게 젖은 눈동자, 빨간 립스틱, 세련된 코트를 휘날리며 미정이 멀리서 발걸음을 재촉하고 있었다. 이를 본 찬형은 반갑게 손을 흔들면서 장난스럽게 툴툴거렸다.

"미정씨는 갈수록 더 이뻐지네. 확실히 여배우 포스가 장난이 아니야. 안 그래? 신배우?"

"진짜! 내가 미쳐! 자꾸 깐죽거릴 거야? 찬형씨?"

"내가 뭘. 요즘 영화는 어때? 잘 찍고 있어?"

"응. 덕분에 조만간에 개봉할 예정이야."

현수와 찬형이 자주 만난 덕분에 이제는 안면이 꽤 익은 수영은 나지막한 어조로 배시시 미소를 지어 보였다.

"언니? 영화 이름이 뭐에요?"

"왜? 보러 오게?"

"그럼요 가야죠. 당연히!"

"…식스센스라고."

종우가 넉살 좋은 미소로 자신의 의견을 피력했다.

"식스센스? 이름이 꽤 특이하네요? 영어로 제 6감이라는 뜻인가요?"

"네."

"무슨 내용이에요? 엄청 궁금하네."

"그냥 정신과 아동 심리학 의사와 유령이 보이는 꼬마 둘이 만나서 여러 가지 스토리를 풀어가는 내용이에요."

"미안한 이야기인데 보통 이런 소재 영화는 좀 따분하지 않나?"

미정은 현수를 짓궂게 1-2초간 보면서 모호하게 입꼬리를 치켜 올리면서 설명했다.

"그렇지 않아요. 나중에 결말의 반전이 장난이 아니거든요. 전 태어나서 이 영화처럼 반전이 대단한 영화는 처음 봤어요."

화장품 회사에 다닌다는 이종우의 여자 친구 심아현은 호기심 어린 눈빛으로 궁금한 듯 눈을 깜박였다. 연예인의 실물을 이토록 가까운데서 보기는 처음인 탓이다.

"그럼 거기 누구 나와요?"

"신창민씨 알아요? 신창민씨가 주인공이에요."

"아, 그 신창민?"

"추락하는 것은 날개가 있다 영화하고 그 뭐지? 드라마 들국화에 나왔던 사람? 그럼? 미정씨는 조연?"

"글쎄요. 조연은 조연인데 그냥 비중 없는 조연이라고 할까. 뭐 그래요."

"우와. 부럽다. 그래도 그게 어디에요? 하긴 미정씨 정도 비주얼이면 남자들 눈 돌아가겠어요. 현수씨는 좋겠다. 쩝!"

종우는 이들의 대화에 경청하면서 기회를 봐서 끼고 즐

겁게 웃었다. 하지만 속마음은 사실 그렇지 않았다. 솔직히 처음 그들을 만났을 때와 달리 감정이 다운되어 약간 침울해진 상태였다.

졸업 후 간만에 만난 그는 머리부터 발끝까지 바뀌어 있었다.

어린 시절에는 다소 자신감이 없어서 시선을 아래로 두고 치켜뜨는 경향이 강했는데 지금의 그는 거리낌 없이 정면으로 응시했다.

환경에서 배어나는 당당한 기세일까? 거기다 여자 친구는 혀를 내두를 정도로 뛰어난 외모를 가지고 있었으니… 정말 몇 만명에 한 명 있을까 말까하는 아름다움이다. 대체 어떻게 꼬셨길래 저런 여자가 현수 옆에서 함께 팔짱을 끼고 웃고 떠들까?

찬형은 예전의 음울했던 모습은 없어지고, 부드럽고 온화한 태도만 보여주고 있었다.

그리고 대화 속의 짧은 토막을 유추해 보면 어떤 이유로 풍족할 정도로 큰 돈을 벌었다고 짐작만 될 뿐이다.

이종우는 절대 옹졸하고 편협한 인간이 아니다.

비록 이런 마음이 순간 생겼다 해도 그는 여전히 웃고 떠들고 있었다.

중경삼림이라는 홍콩 영화를 관람한 후, 그들은 초저녁이 되어서야 바깥으로 어기적거리면서 나왔다.

"씨발! 영화 죽인다. 안 그래?"

찬형이 호탕하게 웃으면서 현수의 어깨를 감싸며 건드렸다. 그러자 현수가 말했다.

"음악 멋지지 않냐? 웅장하고 세련되고! 영화가 뭘 말하는지는 모르겠는 데 장면 연출은 확실히 괜찮았어."

종우는 고개를 끄덕이면서 활짝 웃었다.

"근데 금성무 좀 느끼하게 생기지 않았어?"

"맞아. 좀 부담 가는 얼굴인 건 사실이지."

"스토리도 탄탄하고 미장센도 멋졌어. 젠장! 우리나라는 언제쯤 저런 수준 높은 영화를 만들까?"

"한국이라고 언제까지 이럴까? 나중에는 달라지겠지."

현수는 살며시 미소를 지었다.

지금이야 홍콩 영화에 중독되어 찬양하지만 훗날 한국 문화가 아시아에서 어떤 위상을 가지는지 그들이 알게 되면 과연 어떤 표정을 지을 지 궁금해졌다.

"그보다 이 아가씨들 화장실에서 왜 이리 늦는거야?"

"임마, 우리가 이해 해야지. 여자들은 앉아서 싸잖아."

"앉아서 싸다니! 푸하, 정현수 이 변태 새끼!"

"변태 같은 소리 하네! 아무튼 기분 괜찮네. 간만에 영화도 보고."

"현수? 담배 태울래?"

"한 개피 줘 봐."

종우는 담배를 꺼내 태우면서 가볍게 말을 받았다.

"왜? 그 동안 영화 못 봤냐? 쯧! 문화생활에 투자 좀 하지 그러냐?"

"좀 바빴거든. 뭐, 같이 볼 친구도 없었고."

"바쁘기는! 백수 자식이 공자 앞에서 문자 쓰냐? 네가 바빠 봤자 나만큼 바쁠까?"

"그런가?"

"너도 나처럼 영업 뛰어 봐."

"영업? 어때? 힘들어?"

"됐어. 그냥 그래."

"잘해라. 젊을 때 고생하면 늙어서 편하다는 말 모르냐?"

"헛소리는 집어 치우고. 그보다 미정씨랑 어떻게 만난 거야? 너! 진짜 재주도 좋다. 어떻게 저런 여자애를… ."

"후후, 이쁘지? 왜 부럽냐?"

"부럽다! 왜?"

그 때 그들 앞으로 검은색 각 그랜저가 다가와 클락숀을 세게 누르더니 창문을 열며 고함쳤다.

"뭐해? 안 타고!"

"뭐야? 그랜저? 이거 네 차냐? 이 자식! 어디서 이런 차를!"

"거 참! 침은 그만 흘리고 너랑 아현씨는 내 차 타. 어디 근사한데서 저녁이나 먹으러 가자."

"현수는 어떻게 하고?"

"현수도 차 있어. 그러니 걱정 말고 타!"

"그럴까?"

"우와! 출발! GO! GO! GO!"

하나는 그랜저 구형, 또 다른 하나는 그랜저 신형. 이 2
대는 빠른 속도로 주행하면서 네온사인으로 눈부시게 빛
나는 도산대로로 향했다.

완연한 봄이었다. 열어 놓은 창문 사이로 시원한 봄바람
이 펄럭이며 들어와 싱그러운 청춘의 활력을 북돋고 있었다.

✳

미국 골드만삭스의 투자는 거의 4개월이라는 시간이 필
요했다.

AMC라는 회사에 대한 정확한 재무 평가, 미래 수익, 성
장률, 주변 환경을 요모조모 살피면서 서로 밀고 당기며
매입 가격을 결정했다.

만약 AMC Will의 마케팅 자금이 필요하지 않았다면
AMC그룹도 굳이 해외 투자 기관의 러브 콜에 쉽게 동의
하지는 않았을 것이다.

국내에서만 사업을 계속 영위한다면 현재로서도 큰 문
제는 없었기 때문이다.

그러나 글로벌 시장을 향해 시선을 돌려서 한 차례 도약하기를 원한다면 현재의 자금으로는 턱도 없다는 애로사항이 발생하게 된다. 그만큼 글로벌 시장과 한국 시장의 차이는 간극이 엄청났다.

기실 골드만 삭스 측에서는 전환 사채를 발행 받아서 적절한 수익률과 리스크 관리를 통해서 이번 투자 건을 진행시키기 원했다. 허나 얼마 후 AMC그룹이 예상 외로 알짜배기 회사라는 것을 깨닫게 되자 자본 증자를 통해서 (주)AMC의 지분 14.9%를 1억 2천만 달러에 전량 인수를 하게 된다.

물론 실제 AMC그룹에서 원하는 금액은 1억 5천만 달러 이상이었다.

허나 주도권은 아무래도 투자 그룹쪽이 쥐고 있는 형편인지라 어느 정도 양보를 하고 끌려가는 것은 어쩔 수 없었다.

골드만삭스의 투자 부문 최고위층과 싸인을 하면서 이제 곧 계약서는 법적인 효력을 발휘하게 될 것이다.

그렇게 입금 될 1천 억은 AMC Game이 야심차게 선보인 가상 동작 인식 게임 AMC Will의 북미 마케팅 자금으로는 쓰일 예정이었다.

100조를 향해서

NEO MODERN FANTASY & ADVENTURE

Part 12-4. 아방가르드를 부정하면서

AMC그룹의 대회의실이었다.

둥그렇게 만든 거대한 탁자에는 회장인 정현수를 비롯해서 최상철 부회장, 각 계열사 사장단이 모처럼만에 모여서 회의에 여념이 없었다.

(주)AMC를 필두로 AMC 엔터, AMC Media Tech, AMC 유통, AMC 푸드빌, AMC 패션, AMC Game AMC 소프트웨어, AMC 상호 신용 금고의 사장단이 경직된 표정으로 앉아 있었는데 런던에 위치한 첼시 F.C를 포함하면 어느덧 A.M.C 그룹의 자회사 숫자만 9개였다.

그러니 이제는 제법 그룹의 형태가 갖춰진 느낌이라 할 수 있다.

현수는 마이크에 입을 대고 낭랑하게 발언했다.

"북미 법인을 세우면서 기왕이면 일본 법인과 유럽 법인 설립도 함께 검토하는 것이 어떨지 생각해 보셨나요?"

"검토하겠습니다. 그런데 유럽 법인은 어느 나라로 할까요?"

"글쎄요. 유럽하면 그래도 영국, 프랑스, 독일, 이태리가 중심 축일테니 적어도 이 4곳에는 만들도록 하세요."

"네."

"그럼, 그 다음 의제는 가산 건설 인수 합병건으로 넘어가겠습니다."

가산 건설은 최근 무리하게 아파트 분양을 하다가 자금난에 못 이겨 위태위태한 건설 회사였다.

공식적인 M&A 매물로 나온 이 건설 회사는 작년 기준으로 국내 도급 순위 121위, 시공 능력 평가액 382억에 매출이 421억인 2군 건설사였다.

사실 건설사까지 인수할 마음은 없었지만 미래의 부동산 흐름이 어떻게 돌아갈지 아는 탓에 훗날 부동산 정보를 이용해서 수익을 극대화시키는 방법이 떠올랐던 것이다.

그러다 마침 적당한 가격에 건설사 매물이 나와서 관심이 가는 상황이다.

담당자가 브리핑을 시작했다.

"경기도 의정부에 본사를 두고 있는 가산 건설은 얼마

전까지만 해도 소규모 연립 주택과 관급 공사 하청을 받으면서 내실이 탄탄한 회사였습니다. 하지만 최근 급하게 사세를 확장을 하느라 자금난에 휩싸이게 된 것으로 추정됩니다."

"어째서 이토록 어렵게 된 거죠?"

"저희가 파악한 원인은 종로에 쇼핑몰 공사를 하려다 시청의 규제에 걸려서 1년 동안 올스톱이 된 점과 대전에 신축한 아파트도 연결 도로 공사가 지연되면서 미분양이 쌓여서 낭패를 봤다고 합니다."

"…그럼 가산 건설의 재정 상황은 어떻습니까?"

"거의 자본 침식 상태라 보시는 게 정확해 보입니다."

"그런가요? 거기 회사 요약 재무재표 좀 보죠."

"여기…."

가산 건설 (주)

1994년 요약 손익 계산서

매출액 (수익) : 421억

매출원가 : 375억

매출 총이익 : 46억

판매비와 관리비 : 29억

영업이익 : 17억

금융수익 : 1억

금융비용 : 16억

당기순이익 : 2억

······ 중 략 ······

"당기 순이익이 너무 적은데요?"

"저희도 그리 생각 중입니다."

"흠, 2억이라. 제대로 까보면 적자라는 뜻인데… 거기다 자산 총계가 405억에 부채 총계가 374억이라니! 이론적인 자본금은 31억이네요. 거기 민 사장님 의견은 어떻습니까?"

과거에 성림 상호 신용금고에서 전무를 역임했던 민영식 사장은 차분한 모습으로 눈을 깜빡거렸다.

원래 회계학 전공인데다 오랜 시간을 금융권에 종사한 탓에 그 누구보다 이런 일에는 안목이 뛰어난 인물이었다.

민영식 사장은 모처럼만에 찾아온 발언 기회에 서류를 검토하면서 의견을 내세웠다.

"요약 재무재표만 보더라도 매년 지불해야 하는 부채의 이자 비용이 과도한 것 같습니다. 또한 자산 항목을 체크

하면 단기 금융 상품이나 현금성 자산을 다 합해도 2억이 안 되는 점도 우려스럽습니다."

"가산 건설을 보면 매출 채권이 유독 많은 것 같은데 이 것은 어찌 해석해야 할까요?"

"연 매출 4백 억짜리 회사에서 매출 채권이 2백 2십억 은 미수금이 많은 건설업을 감안하여도 높아 보입니다. 이 정도 수치라면 실사를 안 해도 절반 이상이 악성 채권일 것이 뻔합니다."

"좋은 의견이네요. 제 생각도 그렇습니다. 그런데 그 쪽 에서 제시한 가격이 아까 얼마라고 했죠?"

민영식은 콧잔등의 흘러내린 안경테를 손가락으로 올리 면서 말했다.

"90억입니다."

"90억이라?"

"거기 직원수는 몇 명입니까?"

"계약직 포함해서 118명입니다."

"생각보다 많네요."

현수는 곰곰이 생각에 잠겼다.

비록 자본 잠식 상태가 의심 되고 실제보다 더 재무 상 황이 안 좋다 해도 기존의 인력과 장비, 거래선을 그대로 넘겨받는 부분은 나름대로 긍정적인 면이 존재했다.

그렇다 해도 다시 한번 따져봐야 했다.

돌다리도 두드리면서 건넌다는 속담도 있지 않는가?

경영을 모르는 이가 탐욕에 물들어 가산 건설을 덥썩 물었다가는 훗날 복통을 일으킬 가능성도 배제 못했다.

이유는 간단하다.

가산 건설을 정상화시키는 데는 90억만 필요한 것이 아니기 때문이다.

그리 쉬웠으면 누구나 달려들었을테지.

어떻게 하지?

스스로에게 질문을 던졌다.

머리가 아팠다.

374억의 부채가 마음속에 걸렸던 탓이다.

부채 계정도 일일이 실사를 한 후, 장기 부채나 단기 부채까지 분류해서 어느 정도 선까지 갚아야 안정적으로 회사가 돌아가는 지 조사를 해야 했다.

그의 경험상 374억의 부채 중 150억 이상은 갚아야 하지 않을까 생각한다. 경영을 할 때 가장 중요한 부분이 감정에 휩쓸리지 않는 것이다.

지난 날 문어발식으로 대출로 담보를 잡아 확장을 하던 재벌 그룹들은 외형만 컸을 뿐, 자세히 보면 속은 부실하기 짝이 없었다.

외부의 작은 충격에도 바로 균열이 와서 망하는 경우가 적지 않다.

그만큼 오너의 독단이라는 것이 무서운 것이다.

가산 건설은 적지 않은 자금이 투입되어야 회생이 가능할 것이다.

90억에 150억을 더하면 240억.

확실히 애매했다. 그렇다고 이대로 손을 떼기에는 좀 아까웠고.

"혹시 가산 건설에 관심을 가지는 곳이 또 있습니까?"

"글쎄요. 그 사람들 말로는 다른 곳에서도 여러 번 왔다고 하는 데 믿을 수가 있을지…."

"어차피 계속 토론해봤자 답은 안 나올 문제군요. 70억 제시해보세요. 아무리 생각해도 90억은 비쌉니다."

최상철 부회장은 회장의 의견에 고개를 끄덕이며 동조했다.

"동감입니다. 딱 봐도 껍데기 회사라서 언제 부도날지도 모르는 상황이라 그 이상 쓰는 건 위험하다 생각됩니다."

"그렇게 70억해서 안 되면 75억선까지 오케이할 테니 진행 해보세요."

"그럼 75억을 마지노선으로 잡겠습니다. 회장님."

"그러세요. 그리고…."

현수는 그러다 무언가 생각이 난 듯이 재차 말을 덧붙였다.

"그 전에 종로 쇼핑몰과 대전 아파트의 건축 진행율이 어느 정도나 진척 되었는지 보고서로 작성하시고, 왜 그렇게 된 건지, 해결책은 있는 지, 추가 자금 투여가 되었을 경우 수익이 날 수 있는 지에 대해 세부적으로 분석해서 추후에 올리세요."

"네."

✳

잔디 깎는 기계는 넓은 정원을 누비면서 꽁지에 불난 강아지처럼 활기차게 돌아다니고 있었다. 봄철 내내 비를 맞으며 고이 자란 잔디는 날카로운 톱날의 원심력에 베어지더니 어느덧 그 뒤로 짚단을 쌓듯이 우수수 떨어졌다.

뒤늦게 이를 알아 챈 관리인 윤씨는 헐레벌떡 다가와 기계에 손을 얹더니 말했다.

"회장님. 제가 하겠습니다."

"허허. 그러지 말아요. 이런 일조차 안 하면 갑갑해서 안 된다니까 그러네."

"그, 그래도…."

"괜찮아요. 사람이 땀 흘리는 노동을 안 하면 건강에도 안 좋아. 윤씨는 그냥 윤씨 일 보세요."

"어떻게 월급 받는 입장으로서 그럴 수 있겠습니까?"

"내가 할게요. 이 정도는…."

정재동은 인자한 미소를 지으며 윤씨의 손길을 거부했다. 그리고는 재차 잔디 깎는 기계를 밀고 있었다.

저택의 정원은 넓었고 깔끔했다. 원래 목수 출신의 정재동은 성격도 꼼꼼해서 틈만 나면 벽에 균열이 가거나 혹은 사소하게 고칠 것은 스스로 해결하는 습관을 가졌다.

이렇게 땀을 흘려보는 것도 꽤 오랜만이다. 잔디를 다 깎고 난 후, 잉어로 가득 찬 연못에 다가가 먹이를 주면서 잠시 사색에 잠겼다.

'왜 이러지?'

최근 들어 자꾸 원인 모를 우울함이 느껴졌다. 음식도 제 때 안 먹히고, 연이은 불면증에 몸은 나른했다.

아마 급격하게 변화된 생활의 리듬 탓인지 모른다.

그도 그럴 것이 수 십 년을 바쁘게 살았던 삶이 바뀌어 어느새 부귀영화를 누리며 떵떵거리고 있으니 그 간격에서 오는 괴리감인 듯 했다.

처음이야 물질이 주는 안락함에 중독되어 즐거웠다. 예전에는 먹어보지도 못한 온갖 산해진미에 유럽의 성 같은 대저택, 백화점의 고가 명품 옷과 최고급 클래스 자가용은 절로 어깨춤을 추게 만들었다.

하지만 냉정하게 따져서 정재동은 구수한 된장찌개와 낡은 점퍼가 잘 어울리는 노가다꾼이었다.

이제는 주위의 체면 때문에 목수로서 생활도 하지 못한다.

지인들은 그가 망치로 못이라도 박으면 마치 큰일이라도 난 것처럼 경악을 금치 못했다.

그런 시선이 부담스러워서 한평생 해 온 목수일도 이제는 접었던 것이다.

늘 주위에는 가정 도우미와 출장 요리사, 관리인, 기사에 외출할 때는 경호원까지 따라 붙었다.

매월 강남역 진명 빌딩에서는 대출 이자를 제외하고 6천 2백만 원이 통장으로 입금되고 있었다. 90년대에 이 금액은 정말 큰 돈이다. 아무리 사치를 하고 돌아다녀도 돈은 항상 남았다.

참 신기한 일이 아닐 수 없다.

예전에는 먹을 것 안 먹고 등이 구부러져라 땀 흘려 일을 해도 늘 통장은 마이너스였는데 재밌는 세상이었다.

그럼에도 와이프와 둘째 아들 놈은 이 귀족 같은 삶에 잘 적응하고 있었다.

그들은 툭하면 외출을 했다.

첫째 아들은 늘 바쁘다.

당연히 얼굴보기도 힘들었으니 이 집에는 그 혼자 있는 경우가 태반이다.

외로움일까?

아니면 권태감일까? 모르겠다.

그저 정신적으로 극심한 피로감만 엄습해 올 따름이다. 가끔은 예전의 서민적인 삶이 그리워서 옛 동료를 만나지만, 이제는 그가 그들과 다른 삶을 영위하는 것을 깨닫게 된 이후 더 이상 그들은 친근감 있게 굴지 않았다. 그저 눈에 띄게 경직되거나 혹은 과장이 심한 가식으로 그의 부를 찬양만 할 뿐이다.

정재동은 점점 더 소극적으로 변해가고 있었다.

과연 이런 삶이 행복한 것일까?

예전이라면 틈틈이 돈을 모아서 강원도나 남해의 한적한 곳에 텐트를 치고 저렴하게 여행도 다녔었지만, 이제 와이프는 국내 여행은 전혀 내켜하지 않았다.

그러던 그 때 누군가 대문을 열고 들어오는 모습이 시야에 잡혔다. 30대 초반에 인상이 날카로운 양복 차림의 남자다.

"잘 지내셨습니까?"

"아. 오랜만이군요. 어서 오세요."

"그럼, 실례를 하겠습니다."

"앉으세요."

아직 따스한 날씨라서 거실 바깥의 테라스에 비치된 의자를 권하면서 정재동은 눈동자를 빛내기 시작했다. 그는 목소리를 가다듬으면서 안부를 물었다.

"그래. 어떻습니까? 좋은 소식이라도?"

"흠, 뭐라고 말씀을 드려야 할지."

"아니? 아직도 못 찾은 겁니까?"

"종적은 찾았습니다. 큰 따님께서 가출을 한 후 1년간은 청주시 금천동에 머물다가 그 후 부산 연제동으로 이사를 했더군요."

"그리고 그 후에는 어떻게 되었죠?"

정재동은 자신도 모르게 언성을 높였다.

그의 앞에 있는 남자는 그가 예전에 큰 딸을 찾기 위해 의뢰했었던 능력이 꽤 뛰어난 사설탐정이었다. 한동안 소식이 없다가 이제야 나타난 것이다.

탐정은 약간 어두운 빛으로 고개를 저었다.

"큰 따님과 남자분은 남 몰래 결혼식을 올리고 필리핀으로 건너갔습니다. 그 후에 종적은…."

"설마? 아니죠?"

"네. 죄송합니다. 해외로 출국 이후에 모든 종적이 끊겼습니다."

"부탁드립니다. 혹시 사례금이 부족하다면 그보다 더 드리겠습니다. 그러니…."

"휴우. 이거 참! 어렵군요."

사설 탐정도 난감하기는 마찬가지였다.

모처럼만에 찾아온 대형 건수였다.

의뢰인은 재산이 짐작이 안 되는 집이었다.

착수금이나 성공 사례비는 작년 동안 의뢰받은 모든 건수의 합계보다 더 높았으니 오죽 하겠는가.

"선생님…."

"알겠습니다. 할 수 있는 방법은 다 강구해서라도 찾아보도록 하겠습니다."

"고맙소. 정말 고마워요."

정재동은 완곡하게 허리를 구부리며 감사의 인사를 표시했다. 그렇게 탐정이 대문을 열고 나가는 그 뒷모습을 그저 조용히 응시할 뿐이다.

노인은 멍하니 하늘만 바라보다가 결국 회한의 한숨을 내쉬었다.

어디에 있을까? 지금 뭘 하고 있을지… 가진 것 하나 없이 얼마나 힘들꼬.

결혼을 했구나. 결혼을… 우리 딸이 벌써 결혼을 했어. 허허. 몹쓸 것. 나쁜 년. 전화라도 한 통화 했으면… 연락이라도 한번 했으면… 이제는 얼굴조차 흐릿해지는 딸의 얼굴이다.

눈, 코, 입까지. 그 조리정연하고 똑부러지던 아이의 기억이 점점 멀어질 뿐이다. 아이가 보고 싶었다. 너무나 보고 싶었다. 벌써 햇수로 몇 년째인가? 푸른 새싹이 파릇파릇 돋아나는 생명이 움트는 봄이지만, 부모의 마음에는 한

겨울의 메말라 버린 시린 얼음의 벽이 존재할 따름이다.

형제, 자매의 그리움과는 또 다른 애절함일 것이다. 소영이는 그의 하나 뿐인 딸이었으니까.

어린 시절 그 고생을 하면서도 갓난 동생들을 챙기고 너무 어른스러웠던 아이였다.

부모가 미욱하여 500원짜리 동전 하나를 들고 지 동생 현수의 크레파스를 사기 위해 동네 문방구란 문방구는 다 뒤졌던 아이였다.

그러다 고작 중학교 2학년짜리 여자 꼬맹이의 당당함이 대견해서 어느 문방구 노인네가 자기 창고에 보관된 1960년대의 싸구려 크레파스를 퀴퀴하게 낡은 그것을 받아 온 적 있었다.

그저 우리 현수와 현민이 학교에서 무시당하지 말라면서…. 가족의 사랑이다.

가슴에 고이 쟁여둔 아픔이다.

왜 때렸을까?

부모가 미욱한 것을 어찌 이 큼지막한 손으로 큰 딸에게 화풀이했을까?

비가 추적추적 내리던 그 날 밤, 그 때의 기억은 여전히 쓰린 회한으로 남아 있다.

이 집은 너무 넓었다.

그에게는 어울리지 않는 곳이리라. 정재동 노인은 홀로

쓸쓸하게 테라스에 앉아 기어코 참았던 눈물을 떨어트렸다.

✳

"미라맥스에서 와 달라고?"

"네."

"벌써요?"

"그게….."

"순서대로 하면 협상 조율부터 하고 어느 정도 계약 성사 가능성이 있을 때 미국 방문하는 게 정상 수순 아닙니까?"

현수는 마음에 안 든다는 표정으로 상철의 말에 반박하는 중이다. 최상철 부회장은 온화하게 미소를 지으며 답변했다.

"그렇잖아도 그 쪽에서 팩스로 정식 회신이 왔습니다."

"그래요? 뭐라고 하던가요?"

"회장님, 놀라지 마십쇼. 미라맥스에서 배급하는 조건으로 미국 대도시 라인으로 250-300개관에서 상영을 해 주겠다고 왔습니다."

"네엣? 고작 250-300개요?"

"아니? 왜? 마음에 안 드십니까? 다른 곳도 아닌 북미 시장입니다. 옆 나라 일본 애들도 하지 못한 겁니다."

현수는 팔짱을 낀 채 내키지 않는 표정을 드러냈다.

"와이드 개봉이 아니면 별 의미가 없다고 봅니다만?"

"회장님, 지금까지 역사상 아시아 애니가 미국 본토에서 와이드 개봉한 사례 자체가 없습니다. 첫술에 밥 먹으면 체한다는 말도 있지 않습니까?"

"그래도 300개 개봉관이면 너무 적어요."

최상철은 속의 감정을 드러내지 않으면서 차분한 어조로 말했다.

"중요한 것은 저희가 무명 회사라는 겁니다. 추후에 애니가 잘 되면 그 다음 작품 때를 기대해 보는 게 어떨까요?"

"그 쪽에서 배급 수수료 몇 %를 원한다고 합니까?"

"18%를 요구했습니다."

"18%? 사전에 미국 영화 시장 조사한 데이터에 따르면 평균 15% 아닙니까? 그 외에 극장 프린트 비용 및 홍보비 등 실비를 제하고 나머지를 제작진에 주는 방식이 아닌가요?"

"관례상 맞습니다. 허나 그 또한 쌍방의 협의 사항에 불과합니다. 구속력이 있는 게 아니죠. 배급사에서 이런 식으로 강력하게 주장하면 현실적으로 대응 방법이 마땅치 않습니다."

"음."

현수는 미간을 찌푸렸다. 예상은 했지만 이런 식으로 나오니 그도 당황스럽기는 마찬가지였다.

그럼에도 마땅히 미라맥스의 마음을 움직일 방법이 생각나지 않았다.

이 상황이라면 한국에서 동시 개봉을 해도 천만 이상 관객을 동원하지 않으면 대부분 손해였다.

물론 금전적으로 손해가 나는 것은 상관은 없지만 이럴 경우 향후 줄줄이 예정되어 있는 다음 애니메이션 Line-up에 영향을 끼칠 소지가 많았다.

이른바 입소문이다.

세계 시장의 벽은 확실히 높았다.

그토록 신경 써서 스토리와 그림을 뽑았음에도 이런 대우라니?

혀를 찰 수밖에.

그는 생각을 정리하면서 의견을 구했다.

"어차피 그들이 원하는 것은 금전적인 수익 아닐까요?"

"그럴 겁니다. 입장을 바꿔놓고 생각해도 저라도 망설일겁니다."

"좋아요. 그러면 그들이 원하는 대로 확실한 수익을 보장해주면 어떨까요?"

"그, 그게 대체 무슨 뜻이죠?"

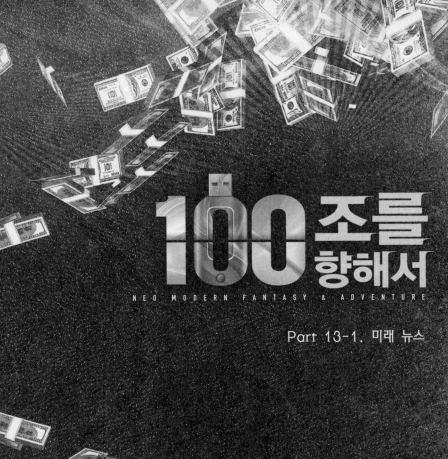

100조를 향해서

NEO MODERN FANTASY & ADVENTURE

Part 13-1. 미래 뉴스

Part 13-1. 미래 뉴스

　"신세기 싸울아비를 미국 본토 와이드 개봉으로 미니멈 3천개 이상 미라맥스에서 걸어줄 경우 배급율 18%에서 대폭 더 올려주겠다는 역제안은 어떻습니까? 예를 들어 25%나 30% 라든지?"

　"수익을 적게 먹자는 뜻인가요?"

　"만약 이게 안 먹힐 경우 2차안으로 미라맥스에서 최소한 기대하는 흥행 성적이 있을 겁니다. 이것 확인해보고 미달되는 일정 금액을 우리가 책임지는 기획서를 준비해 보세요."

　"그러니까 예를 들어 첫 개봉 후 4주까지 미국 성적이 3천만불이 안 넘을 경우 우리가 이 중 천만불 정도 현금으로 보전해준다는 그런 뜻인가요?"

"맞습니다. 이럴 경우 당신이 미라맥스 사장이라면 땅 짚고 헤엄치기가 되겠죠."

최상철 부회장은 투박한 음성으로 반박했다.

"아무리 그래도 이러면 리스크가 너무 큰 것 같은데요? 잘못 되면 큰 손해를 볼 수 있습니다."

"손해라… 당연히 손해 볼 것 각오하고 말한 겁니다."

"…회장님?"

현수는 순간 생각에 잠겼다.

만약 그가 이 시대 사람이었다면 최상철의 만류가 충분히 이해되었을 것이다.

기업은 수익 창출이 최우선 과제였으니까.

그 어떤 오너라도 이런 도박성이 농후한 결정은 쉽게 하지 못한다.

허나 그는 미래에서 건너온 인물이다.

무엇보다 예전에 심형래의 애국심 마케팅이 얼마나 한국에 잘 먹혔는지 익히 두 눈으로 본 사람이었다.

당시 디워가 미국 본토에 와이드 릴리즈로 개봉된다고 하자 인터넷에서 디워에 대한 종교적인 수준의 광풍이 불었었다.

이 밑바탕은 다름 아닌 한국 정서 특유의 애국심이었다.

[한국인이라면 디워를 봐야 하지 않을까?]

[충무로에서 의도적으로 심형래를 배척한다던데?]

[디워의 마지막 장면에 '아리랑' 이 흘러나오다니!]

❋

이런 애국심 마케팅은 의외로 잘 먹혔다. 하지만 반대
편의 비평가들은 이런 디워 현상을 보면서 '영화는 영화
로 평가해야 한다' 며 썩소를 날렸고 싸움의 도화선이 된
다. 이는 결국 MBC 100분 토론으로 이어졌는데 사상 초
유의 현재 개봉된 영화를 주제로 난상 토론이 이어졌던
것이다.

결과론적으로 이 모든 일련의 과정은 엄청난 노이즈 마
케팅을 불러 일으켰다.

그렇게 한국에서 디워는 관객수 8백 4십만명, 총수입 6
천만달러에 이르는 놀라운 박스 스코어를 기록했다.

하지만 그 모든 것이 기실 미국 본토 개봉에 따른 기대
감이었지만 정작 미국에서는 완벽하게 망하고 만다.

그 후, 알게 된 이야기는 미국 배급사에 압도적으로 유
리한 조건에 계약을 하였다고 한다. 그런 탓에 수익은커녕
마이너스라고 훗날 디워의 투자 사기 소송으로 법정에서
낱낱이 밝혀졌으니 가히 희극이 아닐 수 없다.

물론 '신세기 싸울아비'의 퀄리티와 '디워'의 퀄리티는 확실히 달랐다.

디워가 미국에서 망한 원인 중 가장 큰 것이 영화 자체의 부실함 때문이 아닐까?

현수는 차분하게 생각을 정리하면서 말했다.

"알아요. 이게 꼼수라는 것을. 그래도 여러 가지 국내 상황이나 이미지 메이킹, 서양에 대한 배금주의, 훗날 애니메이션 회사로서 입지를 따져본다면 괜찮다고 보는 데 아닌가요?"

"물론 이해합니다. 하지만 비즈니스란 항상 최악의 가정을 염두에 두어야 하는 데 이럴 경우 제작비는 물론이고 회사 돈을 더 집어 넣어야 하니…."

"그래봤자 제작비 포함하면 3백 억 내외 아닐까요?"

"3백억은 작은 돈이 아닙니다."

"작은 돈은 아니죠. 하지만 큰 돈도 아닙니다."

"회장님?"

"와이드 개봉이 아니면 안 하느니만 못합니다."

최상철 부회장의 우려도 모르는 바는 아니다.

그렇다 해도 개봉관 250-300개는 어림도 없는 소리 아닐까?

애니메이션을 이번 한번만 제작한다면 또 모를까?

나중에 일본의 그 유명한 지브리 스튜디오처럼 한국의

고유문화와 색채도 담아서 전 세계에 우리 것도 널리 알리고 싶은 작은 꿈도 있었다.

못할 것 뭐가 있을까?

정말 돈이 산처럼 많다면 모든 것은 가능했다. 어째서 한국 야구선수나 축구선수는 해외로 늘 나가야 할까? 그것도 언제나 일본이다.

한류니 어쩌니 하면서도 아이돌 가수들은 정작 일본 무대에 가서는 일본어로 노래를 부르며 일본인에게 잘 보이기 노력한다.

거기에 항상 붙는 몇 가지 이유가 있다.

일본 NPB 야구가 선진화 되어서, 일본 J리그는 환경이 편해서, 일본 음악 시장이 세계 2위 시장이니까.

허나 그 이면에는 돈이 결정적인 역할을 한다.

돈, 돈, 돈.

아주 간단하다.

일본에서 돈을 많이 주기 때문이다.

그 이상도 그 이하도 아니다. 언제쯤 과연 일본 프로 선수가 한국 스포츠를 동경해서 건너 오고, 일본의 유명 가수들은 한국 음악 시장에 돈을 벌기 위해 올까?

정말 그가 돈이 많다면 그는 미래에 이런 학습화 된 구세대의 시스템을 파격적으로 바꾸고 싶었다.

뭐 안 될 것 뭐가 있을까?

돈만 많으면….

✳

사무실은 뜬금없이 정적이 흘렀다.

회장이 무언가를 고민할 때 혼자서 침묵을 지키는 경우가 한 두 번이 아니라 이번에도 최상철 부회장은 가만히 앉아 있었다.

현수는 피곤한 듯이 눈을 깜박이더니 결론을 내렸다.

"미안한데 도박이기는 해도 베팅 합시다."

"그럼?"

"아까 말한 것처럼 하세요. 미라맥스에서 우리 애니를 와이드 개봉해주면 그쪽이 원하는 조건은 웬만하면 들어주겠다고 말해보세요."

"그럼 바로 초안 잡아서 그 쪽에 보내겠습니다."

현수는 동의를 표시하면서 대답했다.

"그러세요."

작년에 한국에서 열풍을 이끌었던 스티커 자판기와 DDR 게임기는 이제 전 세계 수 십 개국에 수출되는 상황이었고 각 자회사는 저마다 무서운 속도로 성장을 하는 중이다.

정말로 미국 본토에서 그들의 애니가 와이드 개봉이 될 경우, 분명히 한국의 공중파 뉴스에 나올 것이 뻔했다. 이제는 그룹의 이미지도 신경을 써야 할 때였다.

삼성이 어째서 한국에서 그토록 욕을 먹으면서도 그 비싼 가격에 잘 팔리는 지 생각해 본 사람이 있을까?

제품의 퀄리티를 분석해 보면 다른 경쟁사 제품과 큰 차이가 없었다.

그럼에도 늘 시장 점유율이 압도적인 원인은 바로 삼성은 특별한 프리미엄 제품이라는 인식이 대한민국 국민의 기저에 깔려 있기 때문이었다.

국내 최고의 직원 연봉, 국내 최고 스타를 고집하는 CF, 그리고 삼성이 해외에서 제대로 된 대접을 받고 일류 제품으로 인정받는다는 수많은 뉴스가 한 데 뭉쳐진 결과일 것이다.

아직 브랜드 가치가 무엇인지 모르는 예전 시대다.

시간은 유수처럼 천천히 흐르고 있었다.

이제 한국은 PC 통신의 시대로 접어드는 중이다. 각 가정에는 통신 라인이 깔리면서 한국에는 하이텔, 나우누리, 천리안이 연달아 등장했다.

예전에 100메가 VDSL을 경험한 적 있던 현수에게는 그저 코웃음 칠 일이었지만, 한창 이 시대의 젊은 청춘에게는 쌍방향 교류 통신에 흠뻑 빠져 들기에 좋은 시기이기도 하다.

VT 모드라는 터미널을 통해 접속하다가도 툭하면 모뎀선이 끊겨서 원성이 극에 이르면서 하늘을 찔렀지만 그러면서도 얼굴도 모르는 이들과 타자로 대화를 할 수 있다는 메리트는 굉장한 장점으로 작용했다.

아무튼 속도는 무진장 느렸다. 현수도 심심해서 한번 사용해봤지만 도저히 그의 성미에는 어울리지 않아 때려칠 정도였다.

하지만 이 시대 청춘들에게 PC 통신은 그야말로 신세기의 탐험이나 마찬가지였다.

그리고 얼마 후, 드디어 야심에 찬 MP3 신형이 AMC전자에서 세계 최초로 등장하게 된다.

예전 아이리버의 매끈하게 잘 빠진 형태를 본 따 만든 이 앙증맞은 기기는 음원의 품질이 CD 못지않게 좋아서 상당한 기대감을 가지게 만들었다.

허나 불행히도 아직 MP3의 가치는 시대가 알아주지 못했다.

이유는 간단하다.

정작 MP3 음원을 다운 받을 수 있는 인터넷 환경과 음원 사이트가 아직 활성화가 안 된 탓이다. 현수도 솔직히 그 부분까지는 감안하지 못했었다.

그런 탓에 뒤늦게 안타까워했지만 시기적으로 너무 빨라서 대외 환경이 받쳐주지 못했으니 이럴 경우 시장이 열리기 전까지 그저 기다리고 인내하는 수밖에 없었다.

현수는 방위라서 시간을 못 내는 관계로 부득이하게 토요일에 직원을 불러놓고 노고를 치하했다.

"앞으로 3-4년 내에 인터넷 스피드는 더 빨라질 게 분명합니다. 그러니 그 전에 MP3 기기에 대한 끊임없는 기술 개발로 이 시장이 열릴 때 바로 선점할 수 있게 관련 파트에 계신 분들은 기술력을 더 끌어 올려주기 바랍니다."

"저… 그러기 위해서는 연구 자금이 필요합니다."

"자금이요?"

"네. 당장 성과가 나오지 않는 연구를 계속 하려면 솔직히 눈치가 많이 보이는 게 사실입니다. 그러니 회장님께서 직접 그룹 차원의 전폭적인 지원을 해주신다고 말씀하시면 직원들의 사기가 더 살 것 같습니다."

"좋은 생각이군요. 그러도록 하죠."

"감사합니다."

"앞으로 R&D 자금은 그룹 차원에서 넉넉하게 지원해 줄 테니 그 부분은 걱정하지 않아도 됩니다. 그리고 현재 음원 사이즈를 90% 이상 축소시키는 독자 기술과 하드웨어인 MP3의 동작 원리와 같이 핵심적인 몇 가지 사항은 한국은 물론이고 해외 각국에 반드시 특허 등록하세요."

"네. 어느 나라까지 할까요?"

"할 수 있는 나라는 다 하세요. 지금은 몰라도 2 천년 이 오면 특허의 중요성이 아무리 강조 된다 해도 지나침이 없을 겁니다."

"네."

"마지막으로 당분간 제품 판매가 어렵다 해도 주기적으로 MP3 이미지 광고를 하는 게 어떨까요?"

이 말에 임원 중 하나가 의아한 표정으로 이해하기 어렵다는 듯 말끝을 흐렸다.

"굳이 그럴 필요가 있을지 모르겠습니다. 비용은 비용대로 쓰고 아직 판매가 어려운 제품인데…."

"브랜드 포지셔닝 때문입니다. 어차피 MP3 시장은 시간이 지나면 열릴 겁니다. 그러니 그 전에 먼저 대중의 머리속에 MP3 를 우리가 개발했다고 각인시켜 놓으면 훗날 시장에서 유리하게 포지션 점유가 가능할 겁니다."

"아…."

좌중에서는 회장이 지시를 하니까 어쩔 수 없이 동의한다는 듯이 수긍하는 표정이었다. 그도 그럴 것이 MP3 라는 것은 아직 국제 표준이 아니었다. 소니나 파나소닉 같은 메이저 업체에서 얼마든지 다른 규격의 표준을 들고 나올 수 있었다.

그런데도 회장은 근 미래에 MP3 가 CD Player를 대체할 것이라고 확신을 하고 있으니 반박하기도 애매해서 그냥 얼버무린 것이다. 현수는 내심 씁쓸했지만 부드럽게 미소를 지으며 회의를 끝맺었다.

"한국에서 이미지 광고가 잘 먹히면 MP3를 최초 개발했다는 스토리와 그룹 브랜드 광고를 적당히 섞어서 미국 쪽에도 노출시키는 방안을 검토해주세요."

"네."

이제 현수는 제대까지 얼마 남지 않았다. 어떻게 보면 회귀 전에 한 번, 회귀 후에 또 한 번. 군대를 2번 다녀왔지만 그리 힘들다고 못 느꼈기에 큰 불만은 없었다.

그는 격변하는 환경을 보면서 본격적으로 미국 유학을 준비하기 시작했다. 세곡동 수방사로 출퇴근하면서 집에 와서는 그가 직접 초빙한 원어민 영어 선생에게 과외를 받고 있었다.

미정과 연애 진도는 그냥 적당한 수준에서 핑퐁처럼 밀고 당기며 데이트를 하는 중이다.

인간이란 동물은 확실히 감정적이었다. 또한 어떤 면에서는 ― 누구나 마찬가지일테지만 상당히 이기적인 면이 존재했다.

처음 이 세상 사람이 아닌 것처럼 눈부신 외모에 반해서 활화산처럼 타오르던 그 신랄했던 애정이 최근 들어 어느덧 주춤하는 것을 느꼈던 탓이다.

물론 지금도 미정을 안 보면 보고 싶었다.

따스한 감정의 교류를 통해서 대화를 나누기 원했다. 그러나 과연 이 감정이 절실한 애절함 때문인지는 확실치 않았다.

원래 유학의 목적지는 화창한 날씨로 유명하고 한국인이 적지 않게 거주하는 캘리포니아의 로스앤젤리스로 잡았다.

하지만 괜히 방탕해질 것 같아서 나중에 뉴욕으로 행선지를 바꾸게 된다.

일단 현수는 유명 여행사가 추천하는 어학연수 코스로 입국해서 천천히 미국 대학에 입학할 수 있는 방법을 찾을 예정이다.

❋

또한 오래 전부터 계획했던 투자 전문 회사를 미국에 설립하기로 결정했다.

자본금은 1억 달러 수준으로 맞출 생각이었는데 미화 1억 달러는 오늘 시점 기준 환율인 774원으로 계산하면 대략 774억이 된다.

주식에 묶어둔 5백억의 자금과 AMC그룹의 여유 현금을 합치면 1억 달러는 어렵지 않게 가능했다.

회사 명칭은 SU F.C Stone Investment Corp 이라고 미리 지어 놓았다.

처음에는 '현수'의 첫 알파벳 음절인 H 와 S 로 해서 H.S Inverstment 와 같은 식으로 하려 했으나 막상 영어 권에서 볼 때 촌스럽다 느껴져서 포기하고 만다. 그렇게 고민하다가 무언가 있어 보이고 싶어서 현수의 수 'SU' 와 금융 클럽인 Financial Club 약자인 F.C, 거기에 돌처 럼 단단한이란 뜻의 Stone, 투자의 Investment 를 한데 섞어 버렸다.

'SU F.C Stone Investment Corp ? 그것 참! 이름 한 번 멋지군. 후후.'

다소 어렵고 긴 이름이었다. 허나 그는 내심 대견스러웠 는지 자화자찬을 하면서 배꼽을 잡고 낄낄거렸다.

그 외에 그룹의 변호사를 불러서 미국 투자 회사를 설립 할 경우 미국 법에 어긋나는 경우는 없는지 검토하라는 지 시를 내렸다.

예전 중국에서 주식으로 큰돈을 벌고도 과실 송금 제한 때문에 적지 않게 낭패를 본 탓에 이번에는 철저하게 준비 를 하기 위함이다.

얼마 후, 그룹 변호사가 회장실을 방문하여 세세하게 설 명했다.

"원칙적으로 미국 정부는 외국인의 투자유치에 긍정적

인 마인드를 견지하고 있습니다. 기본적으로 외국 자본과 국내 자본을 대할 때 동등하게 대하며 국방, 통신, 항공, 해운 등 일부 국가 보호 산업을 제외하면 모든 분야에 투자 및 인수가 가능합니다."

"자본의 입출금에 대한 제한은 없습니까?"

"네. 투자자들이 외국에서 자본을 들여오거나 미국 내에서 필요한 경우 차입이 자유롭습니다. 특히나 투자 자본의 회수 및 과실 송금에 대해 전혀 문제를 삼지 않습니다."

"그래요? 확실히 다른 후진국과는 다르군요."

"그만큼 금융 시스템이 선진화 되어 있고 자본의 투명성이 명확한 나라입니다."

"법인 설립을 할 경우 애로 사항은 있나요?"

"그게… 연방 정부마다 조금씩 다르지만 우리나라의 사업자 등록증처럼 영업 목적을 위해서 Certificate of Incorperation을 교부 받으면 간단합니다. 그 후에 자본금 현황 및 직원 수 등이 명기된 연차 보고서만 제출하면 바로 법인 활동이 가능한 것으로 알고 있습니다."

"그런가요?"

현수는 다이어리에 혹시 잊어 먹을까봐 간단히 메모를 하면서 기억 해 두었다. 요즘 들어 벌인 일이 많아서 이런 식으로 써두지 않으면 까먹는 경우도 많았던 탓이다.

1995년 미국 뉴욕의 12월은 매서운 강추위를 자랑하며 지나가는 행인의 코트깃을 세우게 했다. 며칠 전에 예고도 없이 동장군이 강림한 탓일까? 그 많은 도로가 빙판으로 꽁꽁 얼어서 수많은 자동차들이 거북이처럼 느릿하게 움직일 따름이다.

　　이런 천재지변은 운전대를 쥔 채로 조심스럽게 운행하는 동양의 젊은 남자도 피해가지 못했다. 그의 목덜미에 땀방울이 몇 방울 맺혀 있었는데 어떤 이유로 꽤 긴장한 듯 보였다.

　　그 뒤에는 현수가 타고 있었다.

　　그는 그저 멍하니 Audi의 창가에 손으로 턱을 괸 채 지나가는 풍경만 응시할 뿐이다.

　　광활한 평야, 확 트인 고속도로, 성당 같은 건물들, 그리고 푸른 눈의 백인과 흑인들. 동양인은 이 세계에서는 이방인에 불과했다.

　　주위는 평소 한국에서 보던 아기자기한 동양적인 풍경은 온데 간 데 없고 모든 것이 큼직했다.

　　다른 기억이 떠올랐다.

　　그의 떠나는 모습을 지켜보던 부모님, 찬형, 종우, 그리고 미정의 얼굴까지.

그런데 이상한 점은 불과 어제 기억인데 이상하게 아득하게 먼 추억처럼 느껴졌다. 왜일까? 왜?

군대를 제대하고 충분히 쉴 기회가 있었음에도 마치 17세기 사탕수수 밭에 끌려 온 흑인 노예 쿤타킨테처럼 급하게 올라 탔던 뉴욕행 비행기였다.

그녀의 목소리가 들려왔다. 그의 귓가로 생생하게.

✽

– 미국 잘 다녀와. 공부 열심히 하고. 지금에서야 말하지만 너에게 고마운 점이 많은 데 제대로 표현을 못했네. 미안해… 아니, 많이 미안해.

– 왜? 고맙다는 표현을 쓰지? 우리 사랑하는 사이 아니었나? 작별 키스 어때? 키스 할까? 우리?

– 으, 응. 그럴까?

키스의 촉감은 더할 나위없이 따스했다.

그리고 부드러웠고 향기로웠다. 그녀는 살짝 떨었다. 눈꺼풀을 닫더니 긴장한 표정으로 그의 입술을 받아 들이고 있었다.

더불어 그의 손은 천천히 그녀의 도드라진 가슴 부위로 가볍게 터치를 했다.

하지만 그 이상 사랑의 행위는 이어지지 않았다. 그녀는 약간 아쉬운 듯이 매혹적인 입술로 탄식했다.

– 이게 끝이야? 난 조금 더 기대했는데
– 다음에 하지 뭐.

현수는 약간 얼버무리듯이 말을 흐렸다.

둘 사이에 성적인 관계가 없었던 것은 아니다. 허나 조금씩 그런 육체적인 행위들은 시간이 지남에 따라 점점 사라지고 매몰되고 있었다.

어떤 알 수 없는 짜릿하고 가슴이 쿵쿵 뛰는, 그런 앳된 감정이 느껴지지 않는다.

두 눈이 마주친다.

그와 그녀,

둘 사이에 상대의 감정을 읽기 위해 애를 썼다.

그리고 그는 읽을 수 있었다. 저 맑은 눈동자의 깊은 곳에서 그녀는 그의 손길을 순종적으로 기다리고 있었다. 왜 그런 것일까?

순간 강한 의혹이 잉크처럼 번졌다.

왜?

왜?

예전의 너는 이러지 않았잖아.

100조를 향해서

NEO MODERN FANTASY & ADVENTURE

Part 13-2. 미래 뉴스

Part 13-2. 미래 뉴스

늘 당차고 거침없었고 멋진 여자였잖아? 언제부터였을까?

그녀는 그에게 늘 피동적으로 변해 있었다.

식사를 할 때도 놀러 갈 때도 우선적으로 그를 존중해주었다. 의견이 엇갈리면 항상 그의 의견에 따랐다.

그런 탓일까? 그의 애정도 점점 식어가고 있었다. 어쩌면 당연한 인과의 법칙인지 모른다. 무엇인가를 얻지 못할 때 사랑의 크기는 더욱 더 커지고 소중해지는 법이다.

언제든지 손에 넣을 수 있는 인형은 그 인형이 아무리 예뻐도 금새 싫증나게 된다.

언제인가? 미정은 화장을 고치면서 지나가는 말로 중얼거린 적이 있었다.

– 그거 알아? 사랑에도 갑과 을이 있는 것?

– 그게 무슨 뜻이야?

– 음, 뭐라고 할까? 좀 더 사랑하는 쪽이 을, 좀 더 사랑하지 않는 쪽이 갑이 돼. 세상은 원래 그렇게 불공평한 법이거든.

– 그럼 너는 어느 쪽이야?

– 후후, 글쎄? 솔직히 말해줘?

– 응. 무지 궁금해.

– 나는 둘 중 어디도 아니야. 너는?

– 나?

그 때 그녀의 자존심을 배려해서 그도 답변을 회피했던 것으로 기억한다. 아마 그 시점부터일 것이다.

애써 외면하기를 원했던 작은 진실은 그가 그의 신분을 밝히고 그녀가 하고 싶다는 배우의 길을 전폭적으로 지원해준 그 이후가 아니었을까?

그 후 그녀는 그에 대해 행동이 극도로 조심스러워졌다. 갈등도, 싸움도, 말다툼도, 거의 사라졌다.

그는 그저 즐겼다.

회사 일이 바쁘다는 핑계로 이런 몇 가지 사소한 부분을 넘기면서 데이트를 했다. 웃고 떠들고 그녀의 유치한 연극을 받아주고.

그런데 과연 이것이 사랑일까?

정말 사랑일까?

여러 번 묻게 된다. 어쩌면 사랑이 아닐 지도 모른다는 두려움도 강하게 번져온다. 그래서 몇 번의 고민 끝에 술에 취하여 대담하게 질문한 적이 있다.

- 어쩌면 네가 생각하는 그게 맞을 지도 모를 거야.

미정은 한참을 머뭇거리고 있었다. 그 보드라운 입술이, 그 토끼 같은 눈망울이 아기 종달새처럼 떨어댔다.

그리고 태어나 처음으로 눈물을 보여준다.

여자의 눈물은 늘 그러하듯 가슴을 아프게 할 뿐이다.

그녀는 흐느끼기 시작했다.

드라마에서 흔히 볼 수 있는 소리 없이 흐르는 인공 눈물 따위는 아니다.

못난 두꺼비가 꺼이꺼이 목청껏 소리치는 마음의 눈물이다.

현수는 정말로 이 모든 원인에 대해서 묻고 싶었다. 몇 번을 망설였는지 모른다.

하지만 끝내 입을 닫고야 만다. 그것의 정체는 의무감, 고마움, 그리고 절대 지워지지 않는 얼룩진 과거의 파탄일지도.

추측하고 싶지 않았다.

아니, 상상하고 싶지 않았다.

그녀의 복잡한 과거를.

그 후, 그 둘은 이 정도에서 끝을 내고 헤어졌다.

공식적인 이별은 하지 않았다. 공항에 미정은 바쁜 와중에도 나왔다. 그것이 그녀가 보여줄 수 있는 최소의 예의임을 그는 익히 알고 있었다. 마음의 휴식이, 삶에 찌든 둘에게 필요했다.

"…이 방입니다. 말씀하신대로 너무 크지 않는 적당한 평수로 구했습니다. 미리 가전 집기와 가구, 생활용품을 들여 놨으니 둘러보시고 혹시 필요한 것이 더 있으시면 말씀해주십쇼."

"음, 잘 꾸몄군요. 잠시 보죠."

그룹의 미국법인에서 구한 아파트는 뉴욕 맨하탄의 어퍼 이스트 사이드 Upper East Side 에 위치한 32층짜리 럭셔리 아파트였다.

이 지역은 한국으로 치면 청담동 수준으로 센트럴 파크가 바로 앞에 있어서 그 어느 곳보다 쾌적하고 세련된 느낌을 준다. 그 때문에 미국 전체에서도 가장 비싼 부촌으로서 각광받았고, 훗날 드라마 '가쉽걸'의 로케이션 장소로도 꽤 유명한 곳이다.

물론 이 아파트가 어퍼 이스트 사이드 內에서는 최고급수준은 아니다. 하지만 방 3개에 한국 평수로 대략 45평 전후라서 혼자 생활하기에는 큰 면적이 아닐 수 없다.

"이것은 너무 크지 않나요? 분명히 한국에서 작은 방으로 준비해달라고 지시했을텐데요?"

"저, 그게⋯ 이 정도는 되어야 생활하기에 불편함이 없을 것 같아서⋯."

"알았어요. 그건 그렇고 마이클 강은 언제 온다고 했죠?"

"마이클 강은 다음 주쯤에 도착할 예정이라고 연락 받았습니다."

"그래요? 오늘 수고 많았으니 이만 들어가 보세요."

"네. 필요하신 것 있으시면 여기로 전화 주시면 즉시 찾아 드리겠습니다."

"그러죠."

현수는 무거운 핸드 캐리용 가방을 열면서 북미 뉴욕 법인의 김과장이 놓고 간 명함을 슬쩍 보았다.

현재 그는 한국을 출발하기 전에 공식적인 AMC그룹의 모든 직위에서 사퇴를 한 상황이었다.

아무래도 미국에 장기간 거주할 형편 탓에 그룹의 경영을 챙길 수 있는 여력이 안 된다고 판단했기 때문이다. 또한 그가 없더라도 자생적으로 그룹은 성장했다.

AMC그룹의 총괄 컨트롤 타워는 가장 신뢰하는 최상철에게 모든 권한을 넘겨주었다.

돌이켜보면 정신없이 지나온 지난 5년의 세월이었다.

미래의 지식과 미래에 발생하게 되는 사건을 이용해서 만들어 낸 성과다. 아직 해야 할 부분도 많았지만, 그는 업무에 매달리면 매달릴수록 마치 늪에 빠진 것처럼 결국 헤어나지 못할 것 같다는 느낌을 자주 받았다.

지친 것이다. 정신적으로도 육체적으로도. 휴식이 필요했다.

최상철에게는 케이블 오락 채널과 TV 홈쇼핑몰 사업에 뛰어들라고 지시를 내렸다.

현재 AMC그룹이 빠른 시간 내에 기적의 성장을 하게 된 원천은 여러 가지 이유가 존재한다.

객관적으로 분석하면 그 중 첫째가 미래의 히트 상품을 미리 선점한 혜안이 있었고 두 번째는 편의점, 노래방, 요식업, 빵집과 같이 100% 현금 장사라는 점이 맞아 떨어졌다.

그리고 마지막으로 S.P.A 시스템과 같이 효율적인 미래의 경영 시스템이 합쳐져서 나온 결과라 할 수 있다.

하지만 이제는 기업의 덩치가 커지면서 규모의 경제로

변화되는 시대에 접어들었다.

쉽게 말해 경쟁 상대와 마켓의 환경이 달라진다는 의미일 것이다.

이런 부분에 대해서 그는 한국을 떠나기 전에 최상철과 길게 대화를 하면서 전략적으로 어떻게 대응하고 대처해야 하는 지 경험을 바탕으로 설명했다.

그 외에 AMC 전자의 경우에는 기존의 삼성, 대우, LG의 영역인 TV, DVD, 세탁기 사업에 과감하게 뛰어들라는 지시도 덧붙였다. 물론 2년 뒤 찾아오는 I.M.F를 강력하게 암시하면서 그룹이 감당하지 못하는 대출은 절대 쓰지 말라는 강조도 했다.

※

진녹색 포드 토러스 신형은 멋진 굉음을 내면서 복잡한 고속도로를 쌩쌩 달리고 있었다.

1996년 3세대 세단에 3,392cc에 235hp 출력을 자랑하는 이 세단은 전형적인 미국 차답게 실내 면적도 넓었고, 외부 디자인은 시원한 유선형으로 날렵한 버마제비와 같은 몸매를 자랑했다.

한국에서 미리 발급 받아 온 영문으로 된 국제 면허증은 미국 내에서도 통용이 된다.

물론 달랑 뉴욕 지도 1 장과 그가 가고자 하는 EF International School의 주소와 전화번호만 있었지만 그 다지 불안하지는 않았다.

맨하탄 도심을 지나 포르 워싱턴 에비뉴에서 북쪽으로 좀 더 벗어나기 시작했다.

뒤이어 9 번 국도를 타자 극심한 교통 정체가 풀리면서 점점 주변은 한가해졌다.

왼쪽의 허드슨 강은 햇살에 반사되어 살랑거리더니 우람한 뉴욕의 자태와 어우러져 한껏 애교를 뽐내었다.

뉴욕 중심부에서 60km정도 떨어진 어학연수 센터인 EF International School은 멋지고 깔끔했다.

무엇보다 수십에이커에 달하는 광활한 수목이 한국이라면 볼 수 없는 탁 트인 장관을 이루고 있었다.

그 사이로 다수의 백인, 히스패닉, 흑인 아이들이 걷고 있었다. 좀 더 시선을 전환하자 유럽식 대리석으로 마감된 건축물이 엿보였다.

미국이 왜 세계 최강국에 이토록 오랫동안 왕좌를 빼앗기지 않고 있는 지 보여주는 단편적인 일상이리라. 그 상쾌한 기분의 정체는 바로 여유로움과 평화로움이다.

그는 혼자서 접수처를 찾아가 등록을 했다.

원래 어학연수는 한국의 유학원을 통해서 단체로 비행기를 타고 들어와 기숙사에서 생활을 시작한다. 하지만 남

부럽지 않은 영어 실력을 가진 현수에게 이 모든 절차는 그다지 필요 없는 상황이었다.

EF International School 은 궁극적으로 미국 대학 입학을 위한 작은 교두보로 생각할 뿐이었다. 적당한 커리큘럼에 맞게 수강 신청을 했고 그렇게 모든 절차를 끝냈다.

"마이클 강입니다."

"대니얼 헤이먼이오."

"모두 반갑군요. 자, 편하게 앉으세요."

"그럼, 실례하겠습니다."

10시가 되자 스타벅스는 생각 외로 한가로웠다. 이름 모를 원두 커피의 향기는 안개처럼 은은하게 매장을 뒤덮었다. 세 명의 서로 다른 남자들은 저마다 편안한 자세로 의자에 앉기 시작했다.

30대 중반의 마이클 강은 원래 첼시 F.C 소속의 임원이었다.

하지만 현수가 미국 내에서 새로운 투자 회사를 설립하면서 적당한 조력자를 물색하다가 마이클 강의 프로필이 마음에 들어서 직접 끌어들인 것이다.

그와 함께 온 40대 남자는 대니얼 헤이먼이라는 월가에 몸담았던 변호사인데 오래전부터 마이클 강과 잘 아는 사이였다.

현수는 부드럽게 미소를 지으며 말했다.

"대충 이야기는 들었을 것으로 알고 있습니다. 아무튼 아침 안 드신 분은 주문부터 하신 후, 이야기를 하도록 하죠."

"그렇잖아도 아침을 먹지 못해서 배가 고팠는데 잘 되었네요."

몇 가지 형식적인 대화와 간단히 빵과 커피를 마신 후, 이윽고 현수는 본론을 끄집어냈다.

"마이클 강은 구두상으로 동의했지만 대니얼 헤이먼씨가 있으니 정확한 조건을 말씀드리죠. 미국 뉴욕에 신규 투자 회사를 설립할 생각입니다. 괜찮으시다면 함께 하는 게 어떨지요?"

"투자사라니? 구체적으로 어떤 쪽을 하실 계획입니까? 알다시피 투자 쪽도 세분화시키면 다양하지 않나요?"

"주식과 선물, 원자재를 검토 중입니다."

"자본금은 어느 정도 생각하는 지요?"

"초기 자본은 1억불로 정했습니다."

"적지 않은 금액이군요."

"뭐, 많은 금액도 아닙니다."

대니얼 헤이먼의 얼굴에는 갈등의 빛이 살짝 나타났다. 이 선택의 갈등은 어쩌면 당연했다.

10 년 전부터 알고 지낸 마이클 강이 한국의 꽤 유망한 기업가가 미국에다 투자사를 설립 할 예정인데 함께 비즈

니스를 하는 것이 어떠하겠냐는 뜬금없는 제의에서 시작
되었다.

그 쪽의 조건은 수수료를 받고 업무를 대신하는 서비스
형태가 아닌, 처음부터 끝까지 투자 회사에 관여해달라는
것이었다. 이런 협상에 있어서 가장 중요한 점은 상호 신
의가 첫째요, 두 번째가 사업자의 재력이다.

1억불이면 월가에서는 푼돈도 안 되지만, 한국이라는
나라의 위치를 생각하면 반드시 적다고 하기에도 애매한
금액이었다.

현수는 커피를 한 모금 마시면서 가볍게 웃었다.

"연봉 50만불 드리죠. 회사가 이익이 나면 따로 보너스
도 챙겨드리겠습니다. 지금 하시는 변호사 사무실도 굳이
원하신다면 겸임하셔도 괜찮습니다."

"……."

"그리고 고급 자동차에 전용 기사와 개인 비서까지 붙
여 드리죠. 어떻습니까? 이 정도 조건이면?"

"괜찮네요. 이렇게 저를 대우해주시니 여기서 안 한다
고 하면 우스울 것 같군요."

"좋습니다. 그럼 하시는 것으로 하죠. 앞으로 여기 마이
클 강과 함께 투자 회사를 잘 이끌어 주기 바랍니다."

이 때 마이클 강이 궁금한 듯 입을 뗐다.

"위치는 어디로 생각하나요?"

"미국의 중심은 아무래도 맨하탄인데 거기로 잡죠."

"사무실은 대충 어느 정도 수준으로 할지?"

"직원은 많이 뽑지 않을 겁니다. 뭐 그들이 특별히 할 일도 없을테니 그렇다고 너무 적어도 체면 문제도 있으니 넉넉하게 잡아서 2백-3백평 정도로 하면 되지 않을까요?"

"투자를 하려면 아무래도 그 분야 전문가를 초빙해야하는 데 월가의 A급 전문가는 어려울 수 있습니다. 이 부분은 어찌 해야 할까요?"

"전문가는 없어도 됩니다. 그냥 데이터 정리 해주고 해당 분야 자격증 있고 실무에 능통한 직원 몇 명이면 되요."

마이클 강은 약간 떨떠름하다는 표정으로 침묵을 지켰다. 첼시라는 좋은 직장을 놔두고 타국인 미국까지 날아온 이유도 투자사의 주체가 AMC그룹의 오너였기 때문에 가능한 일이었다.

거기다 백만불이라는 거액의 연봉에 신규 투자사 주식의 3%를 준다는 달콤한 제의가 더해졌다.

만약 그 주체가 그룹의 오너가 아니었다면 첼시라는 안정된 직장을 박차고 나올 이유가 그에게는 없었다.

약간 실망감이 솟구쳤다. 투자라는 것은 제아무리 자금이 풍부하고 뛰어난 전문가가 있어도 한번 방향성을 잘못잡으면 순식간에 알거지가 되는 것은 우스웠다.

겨우 1억불이라는 작은 금액으로 그것도 전 세계 날고 기는 자금이 모인다는 월가에서 투자사로서 버틸 수 있을까?

그것도 안정적인 부동산이나 국채도 아니고, 가장 위험하다는 선물이라니. 젊은 나이에 큰 돈을 벌어서 그런 것일까?

이 시장이 얼마나 위험한지 아직 모르는 것으로 보여 다소 답답해 보일 따름이다.

신규 투자사 설립을 위해 현수는 작년 봄에 매입한 국내 주식 6 종목에 대해서 삼성증권 담당자에게 전량 매도를 지시했다.

그리고 결과는 놀랍게도 이익이 아닌, −17.5% 의 마이너스 수익률만 기록하게 된다. 근 9 개월 가까이 묵혀둔 주식이었다. 그것도 나름대로 철저하게 분석을 한 후에 선택한 종목이었지만 결과는 참패라 할 수 있었다.

지금까지 승승장구하던 현수에게 처음 닥친 시련 아닌 시련이다. 미래를 읽지 못하니 어쩌면 당연한 결과였을까?

머리를 내저었다. 뒤돌아 확인해보니 현수가 매입했을 때가 작년 월봉으로 계산하면 가장 지수가 높을 때였던 것이다.

그 때문에 한동안 투덜거렸지만 이 모든 선택은 은행 이자에 만족하지 못하고 투기성이 강한 주식에 넣은 그의 몫이었다.

누구를 탓하고 할 형편이 못되는 것이다.

결국 500억의 원금은 늘어가기는커녕 예상과 달리 412억으로 줄어들게 된다. 이에 현수는 중국에 남아 있던 일부 지하 자금과 AMC그룹이 2백 5십억을 출자하는 것으로 해서 800억에 SU F.C Stone Investment 회사를 설립했다.

직원숫자는 11명에 불과한 작은 회사였고, 그 중 3명이 마이클 강과 대니얼 헤이먼, 정현수의 개인 비서 역할이었다.

허나 사무실은 넓었고 화려했다. 또한 무엇보다 쾌적했다. 그 외에도 한 달에 최대 7일까지 휴가를 쓸 수 있게 해준데다 높은 수준의 연봉 때문인지 정작 할 일이 없어서 빈둥거리는 직원의 불만을 그럭저럭 잠재우고 있었다.

"이제 다 된 겁니까?"

"…잠시만요."

평소의 자신만만한 태도와 다르게 그의 목소리에 마른 침이 잔뜩 고여 있었다. 그의 시선이 향한 쪽은 컴퓨터를 조립하고 있는 중년 남자의 잔뜩 굽혀진 등허리 부근이었다.

기술자는 SU F.C Stone 의 회장인 왜소한 동양 청년을 향해 고개를 돌리더니 기묘한 미소를 날렸다.

"테스트를 한번 해보죠. 그거 줘보세요."

"…여기"

현수는 약간 불안한 눈빛으로 잠궈 둔 사무실 문의 시건 장치를 한 차례 훑었다. 그 후, 작은 케이스에 고이 보관해 둔 앙증맞은 USB를 꺼내서 기술자에게 건넸다.

그 기술자의 이름은 존 베이커.

저 멀리 실리콘 벨리에서 특별히 거금을 주고 초빙한 인물이다. 그는 얼마 전 USB 1.0 규격을 개발하는 데 IBM의 USB Interface 실무 담당자로 참여한 경력이 있었다.

"굿! 디자인 이쁘네요."

요즘 시대에는 보기 힘든 말끔한 디자인의 USB를 보던 존 베이커는 감탄사를 내뱉었다. 뒤이어 새롭게 개조된 컴퓨터의 후면의 사각형 포트에 그것을 꽂기 시작했다.

근 6년만이다.

그 때까지 쓰지 못했던, 회귀 전 딸려 온 USB가 마침내 이 세상에 자태를 드러낼 준비를 했다.

그 앞에는 최신형 사양인 펜티엄 486 컴퓨터가 심한 소음을 내면서 구동하고 있었다.

맥킨토시의 로고가 떴다. 얼마 후 USB가 꽂혀진 외장
디스크를 읽으면서 화면에 Acrobat Reader가 떴고 PDF
파일이 구현되었다.

100조를
향해서

NEO MODERN FANTASY & ADVENTURE

Part 13-3. 미래 뉴스

Part 13-3. 미래 뉴스

"이 USB 대체 어디서 난 겁니까?"

"왜요?"

"궁금해서요. 이것을 제작한 회사가 어디인지 알려 주시면 안 될까요?"

"글쎄요. 저도 친구에게 받은 선물이라…."

"아무튼 대단한 기술력이네요. 어찌 이렇게 세밀하게 만들 수 있는 지…."

"존 베이커씨."

"네?"

"제 생각은 그냥 당신이 할 수 있는 것만 하는 게 더 낫다고 생각하는데요? 아닌가요?"

"크흠."

고객의 돌변한 표정에 존 베이커는 그 때서야 이 동양의 꼬맹이가 만만치 않은 놈인 것을 깨닫고는 다시 컴퓨터에 앉았다. 눈 깜짝할 사이에 부팅이 되던 시대를 경험한 현수는 지루함을 느꼈다.

USB 1.0의 전송 속도는 초당 최대 12Mbit/s에 불과했다.

하지만 그 후 나온 USB 2.0은 초당 480Mbit/s를, USB 3.0의 전송 속도는 초당 5Gbit/s를 가지고 있었다.

이건 뭐 비교가 안 된다.

다행히 USB 메모리는 하위 호환성을 지녔다. 이는 쉽게 말해 상위 USB로 하위 버전의 USB 포트에 꽂는 것이 가능하다는 뜻이다.

어쨌든 UBS 지원 카드에 슬롯까지 임의로 개조했음에도 데이터를 읽는 속도는 개미가 기어가는 것보다 더 느리게 지나쳐갈 뿐이다.

이윽고 화면이 뜨기 시작했다.

한글로 된 매일 경제 신문의 과거 뉴스별 PDF 파일들이 페이지별로 등장한 것이다. 존 베이커는 퉁명스럽게 반문했다.

"이 파일이 맞습니까?"

"그런 것 같네요. 잠시만…."

"천천히 보세요."

"그러죠."

존 베이커는 적지 않은 피로감을 느낀 듯 소파에 털썩 주저앉았다. 그리고는 아까 못다 마신 식은 밀크티를 벌컥 들이켰다.

현수는 맥킨토시 컴퓨터를 붙들고 뉴스 파일을 확인하는 중이다. 한국이라면 거의 불가능한 작업일 것이다.

그만큼 네이버 뉴스 라이브러리 파일의 가치는 엄청났다. 다행히 이곳은 이역만리 미국이다.

이 중년 백인 남성은 파일의 정체가 무엇인지는 한글을 배우지 않는 이상에는 절대 알 수 없을 것이다.

10여분이 그렇게 흘러갔다.

현수의 안색이 변화된 것은 그 시점이다.

마치 콜롬버스가 신 대륙을 발견 후, 느낀 격정과 다르게 잔뜩 풀이 죽어 있었다.

혼잣말로 중얼거렸다.

'깨진 파일이 너무 많아. 대체 무엇 때문에? 왜?'

파일의 숫자가 엄청나서 전부 확인할 여력은 엄두도 안 나지만 언뜻 봐선 거의 70-80% 이상 못 쓰게 된 것이 분명했다.

큰 낭패가 아닐 수 없다. 그는 즉시 기술자에게 도움을 요청하며 답답한 듯 질문했다.

"이 파일들 혹시 못 살립니까?"

"전부 무언가로 덧칠이 되어 있네요."

"......."

"대체 누가 이런 것이죠?"

"그걸 내가 알면 당신한테 부탁을 하겠소?"

"그건 그렇군요. 아무튼 파일이 다수 망가진 모양인데 어떻게 이런 경우가 가능한 것인지 좀 희한하군요."

"그게 무슨 뜻인가요?"

"여기 보시면 알겠지만 먹물로 칠한 듯이 검게 변색된 곳이 있을 겁니다. 그냥 PDF 파일이 문제가 있으면 열리지 않는 게 정상이죠. 그런데 열린다 말이죠. 결론적으로 이 USB는 누가 의도적으로 이렇게 망친 것이 확실합니다."

현수는 잔뜩 실망한 눈초리로 대꾸했다.

"그럼 복원이 어렵다는 뜻입니까?"

"네. 복원 프로그램을 돌려도 안 될 것 같네요."

"휴우, 뭐 어쩔 수 없죠."

"죄송합니다."

그는 마치 큰 붓으로 칠한 것처럼 보이는 영역을 아쉽다는 듯이 쳐다보며 나지막한 어조로 말했다. 특히나 가장 중요한 증권란은 그 피해가 더 심해서 거의 대부분이 날아간 상황이었다.

'이것도 하늘의 뜻인가?'

기억을 돌이켜보면 아파트에서 추락해서 두개골이 깨지고 척추가 부러진 자신이 24년 전 과거로 돌아온 것부터가 과학적으로 성립이 불가능한 사건이었다.

그깟 네이버 뉴스 라이브러리 파일이 뭔 대수라고. 어차피 일부만 안다 해도 엄청난 것 아닐까? 그 사이에 기술자가 마지막 당부의 말을 건넸다.

"그럭저럭 다 된 것 같네요. 아직 WINDOW 95와는 호환이 안 됩니다. 나중에 상위 버전에서 USB 지원이 가능할지 몰라도 일단은 맥킨토시 컴퓨터에서만 구동이 된다는 점은 알기 바랍니다. 그리고…."

존 베이커는 살짝 말끝을 흐렸다. 현수는 무슨 뜻인지 짐작한다는 듯 3만 달러라고 적혀진 수표를 건네면서 부드럽게 말했다.

"수고 많았습니다. 여기는 나머지 잔금입니다."

"아, 고맙습니다."

"그보다 나중에 혹시 문제 생기면 또 와주셔야 합니다."

"하하. 그럼요."

존베이커는 우리가 흔히 말하는 컴퓨터 기술자가 아니었다. 그가 이 먼 뉴욕까지 온 이유는 지금으로부터 불과 3주 전에 뉴욕 타임즈에 발표된 작은 뉴스 때문이다.

우연찮게 읽게 된 이 뉴스의 내용은 다름 아닌 USB 인터페이스의 첫 번째 1.0 규격 개발에 인텔, 마이크로소프트, IBM, HP, NEC와 같은 대형 컴퓨터 관련 업체들이 다수 참가했다는 소식이었다.

이는 날로 복잡해지는 다양한 주변기기의 인터페이스 규격으로 인한 번거로움 때문이었다.

다행히 예전부터 프로젝트에 참여한 업체들이 모두 메이저 업체라서 USB 메모리는 쉽게 업계 표준으로 인정받게 된다.

그리고 얼마 후, 각 업체에서 USB 포트와 USB 커넥터 테스트를 성공리에 끝마쳤다는 소식이 들려왔다.

이 뉴스를 듣자 현수는 직원을 시켜서 몇 몇 회사의 개발팀 직원과 협상을 하게 했다. 그리고 그 중 IMB의 직원이 그의 사무실까지 방문하여 직접 기기를 개조시켜준 것이다.

담배 연기가 자욱한 방이다. 그는 퇴근도 하지 않은 채 의자에 앉아 모니터를 뚫어져라 주시했다.

그의 눈앞에는 Ancamera 3.0으로 찍혀진 수많은 뉴스 파일이 날짜별로 일목요연하게 폴더에 정렬되어 있었다. 가만 보자. 오늘이 1996년 2월 5일이니 다음인 2월 6일부터 클릭해 볼까?

세계 최대 연금 국내 주식 본격 투자 (1996.02.06)

투자 금액이 우리나라 돈으로 50조원을 웃도는 세계 최대규모의 연기금(Pension Fund)인 美國 대학연금이 본격적으로 국내주식투자에 나서게 된다. 총 6백7십5억달러 (53조원 상당의 자금)을 증권에 투자하고 있는 美 대학연금 (CREF)의 아시아 담당 수석 펀드 매니저인 에미 콩씨에 따르면…

脫北난민 270곳 마련 (1996.02.08)

최근 탈북자가 잇따라 발생하고 있는 것과 관련, 민간차원에서 대규모 수용 계획을 수립해 놓은 것으로 밝혀졌다. 李珊洙 대한적십자사 사무총장은 6일 민주평화통일자문회의(사무총장 朴相鉉) 주최로 타워 호텔에서 열린 통일문제 토론회에 참석하여…

與野 '독도망언' 단호 대처 한 목소리 (1996.02.11)

日외상 영유권 주장 파문 – 각계 반응
청와대 日 대표단 예방 거부
'국제 쟁점화 속셈' 재발 방지 강력 촉구

외무부 '우리도 대마도 영유권 분쟁 공식 제기'를 정치
권에서 항의

정부대형사업 공기지연 10년간 6조원 낭비
(1996.02.13)

…불과 20% 만 계획대로 완공. 투자비 20% 날려 KDI
보고서 정부의 대형 예산 투자 사업이 정치적 요인 등에
따라 동시다발적으로 추진되기 때문에 막대한 예산낭비와
공사 지연을 초래하는 데…

✳

어느덧 피곤에 지친 눈은 잔뜩 충혈 되어 있었다.

벌써 3 시간째다.

이미 바깥은 어둠의 장막이 내려 왔고, 쓸쓸한 겨울비가
간간히 내리고 있었다. 습관처럼 마우스 클릭을 하고는 화
면이 뜨기를 기다리던 그 순간 입에서 쌍욕이 튀어나왔다.

"이런! 젠장! 고물 컴퓨터!"

그도 그럴 것이 USB 용량 문제로 화면이 다시 정지되
었기 때문이었다. 이 시대에는 최고급 사양의 컴퓨터라도
미래에서 온 현수가 느끼기에 메모리나 CPU를 보면 구석

기 시대의 유물이었다.

벌써 몇 번째 재부팅인지 모른다. 짜증이 밀려오는 것은 인간이라면 누구나 당연했다.

다시 부팅을 하고 인내심을 발휘하면서 담배를 한 대 물었다. 매콤하면서 텁텁한 연기가 도넛처럼 빙빙 돌면서 허공으로 사라졌다. 그는 재차 집중하면서 빠르게 뉴스를 읽었다.

아무리 70-80%가 원인 모를 이유로 보이지 않는다 해도 여전히 남아 있는 분량도 적지 않았다.

긴 시간이 지나자 이제는 어느덧 요령이 생겨서 우선적으로 가치가 없는 뉴스는 넘기고, 자신에게 도움이 될 만한 뉴스만 집중 클릭했다.

가장 가치가 있는 증권란은 역시나 대부분이 알아보기 힘든 기이한 형태로 변해 있었다. 아주 드물게 읽을 수 있는 부분도 존재했지만 연속성이 전혀 없고 숫자도 끊어진 관계로 그 하나만 믿고 베팅하기가 꽤 난감했다.

그러다 현수의 얼굴에 돌연 생기가 도는 순간이 찾아 왔다.

그 페이지는 의외로 국제 뉴스였다.

자신도 모르게 탄성이 터진 것은 그 시점이다.

"어라!"

국제 금값 폭등 따라 금광 관련주 급상승 세계 증시 [골드 랠리] - (1996.04.08)

금값 폭등으로 세계 주요 증시에서 금광 관련 개발주들이 일제히 급상승하는 장세가 연출되고 있다!

최근 매물 부족 속에 오름세를 보였던 국제 금값은 지난 1일 5년 6개월만에 최고치를 기록했다. 4월 5일 뉴욕 상품 거래소(COMEX)에 거래된 금 6월물은 처음으로 4백달러를 돌파하여 전일 종가보다 3.1 달러 상승한 4백 7달러, 은은 전주 대비 50센트 오른 5백56.50센트를 기록했다.

이처럼 금값 폭등에 따른 골드랠리 현상은 최근 미국과 유럽의 잇따른 금리 인하 조치에서 비롯되었는데…

뉴스가 의미하는 것은 꽤 의미심장했다.

마침내 현수가 찾는 뉴스가 나온 것이다. 주식이나 환율 쪽은 눈에 불을 켜고 찾았지만 대부분이 알아보기 힘들었지만 이 뉴스는 선명하게 살아 있었던 것이다.

그는 마른 침을 꿀꺽 삼켰다.

헝클어진 생각을 정리할 필요성을 느꼈다. 그러니까 오늘 날짜로 금 6월물 시세가 위의 매일경제신문에 나온 뉴스의 4월 5일의 가격보다 낮다면 충분히 베팅해볼 가치가 있다는 뜻이다.

금과 같은 원자재 투자는 아직 해 본적이 없지만 회귀전 파생 상품인 코스피 200의 선물옵션을 하다가 적지 않은 돈을 잃은 적은 있었다. 그러기에 국제 원자재 선물이라 해도 리스크가 어떻고, 어떤 프로세스로 돌아가는 지는 훤히 알고 있었다.

어차피 같은 파생 상품이기 때문이다.

거의 밤을 세면서 찾아낸 정보라서 더 기쁜지도 모른다.

물론 지금 포지션에 진입해도 남은 2 달 동안 과연 어떤 차트가 그려질지는 쉽게 예상이 되지 않았다.

만약 계단식의 상승 곡선으로 추세를 형성한다면 이것은 땅 짚고 헤엄치기나 마찬가지였다.

그는 4월 5일에 금 가격을 어디까지 찍는지 알기 때문이었다.

하지만 세상 일이 자기 뜻대로 되면 못 할 일이 뭐가 있을까. 그렇지 않고 – 낮은 확률로 폭락을 하기라도 하면 레버리지의 변동성 때문에 쪽박을 찰 수도 있었다.

그는 메모지에 뉴욕 거래소 COMEX를 통해서 금의 시세, 기초 증거금과 변동성, 레버리지, 국제 변수 및 환에 대해 적었다.

지금 하는 게임은 위험한 게임이었다.

어느덧 아침햇살이 커튼 사이로 눈부시게 비춰오고 있

었다. 진득한 졸음이 밀려온 것은 그 시점이다. 육체적인 한계에 부딪친 것 같은 느낌이 이런 것일까.

✳

다음 날 아침. 서너 시간을 회장실에 비치된 간이 소파에 누워 잠을 잔 후, 마이클 강이 출근하자 바로 대화를 나누었다.

"뉴욕 상품 거래소 NYMEX와 시카고 상품 거래소 Chicago Mercantile Exchange 에 먼저 계좌부터 만들고 기관 투자가로 서류 등록부터 하세요."

"제가 듣기로는 뉴욕 상품 거래소는 원유, 금, 은, 알루미늄 정도만 거래가 가능하고 나머지 곡물과 통화는 시카고 상품 거래소에서 이루어지는 것으로 알고 있는 데 굳이 두 군데나 신경 쓸 필요가 있을까요?"

"금 시세를 알기 위해서에요. 현재 날짜로 국제 금 가격이 얼마인지 알 수 있을까요?"

"알아보겠습니다."

"어제 밤을 세웠더니 좀 피곤하네요."

"일이 많으면 직원들 있으니 맡기는 게 더 낫지 않을까요?"

"그게 혼자만 할 수 있는 일이라…."

마이클 강은 호기심 어린 눈초리로 입을 열었다.

"그런가요? 그보다 이번에 투자하려는 쪽이 금 선물입니까?"

"아마도….."

"노파심이지만 선물이면 만만치가 않을텐데요?"

현수는 부득이하게 거짓말을 하면서 탁한 어조로 말해야 했다.

"다른 루트로 금쪽에 아는 정보가 있습니다."

"대단하시네요. 원자재쪽은 폐쇄된 시장이라 웬만한 정보력 아니면 쉽지 않은 곳인데… 잘 되었네요. 이번 기회에 SU F.C Stone의 실력을 보여줄 절호의 기회일테니!"

"기회?"

"기회죠. 하하, 월가의 양키 놈들 코를 납작하게 만들면 재밌겠는데요?"

마이클 강은 의외로 유쾌하고 가벼운 농담을 즐겨하는 편이었다. 예전 한국의 상명하복 문화에 익숙했던 현수의 입장에서 다소 익숙하지 않았을 뿐, 그다지 불쾌한 기분은 들지 않았다. 현수도 자연스럽게 웃음의 아드레날린을 뿜어냈다.

❋

처음 뉴욕 E.F 스쿨에서 신청 후, 적절한 몇 가지 테스트를 통해서 그는 가장 수준이 높은 반에 떨어졌다.

확실히 어학 연수 센터라 그런지 동양인들이 꽤 많이 보였다. Pre-MBA2 Writing & Grammar 수업을 마친 후, 조용히 나가려 할 때 함께 공부를 하던 눈동자가 이쁜 여학생이 다가와 낭랑한 어조로 물었다.

"안녕하세요? 혹시 한국 분이시죠?"

"네. 그런데요?"

"아! 오늘 저녁에 한국인끼리 모임이 있는 데 간단히 맥주나 한잔 하는 게 어떨까요?"

"…모임이요?"

"네. 기숙사 E-2동 103호에서 7시에 시작하니 그냥 오시면 되요. 웬만하면 참석 부탁드릴게요. 선배님."

"저, 다음에 가면 안 될까요? 오늘 약속이 있어서."

"아, 그런가요? 정 그렇다면 할 수 없죠."

"미안해요."

"아, 아니에요."

최근 여러 가지로 정신이 없는 데다 굳이 미국까지 와서 한국인 모임에 참여하는 것도 썩 내키지 않아서 핑계를 댄 것이다.

그런데 선배라니? 벌써 나이가 그렇게 되었나?

100조를 향해서

NEO MODERN FANTASY & ADVENTURE

Part 13-4. 미래 뉴스

Part 13-4. 미래 뉴스

현수는 모처럼만에 산책을 했다.

수업 중간에 비는 시간 때문에 잠시 시간을 내서 주변을 둘러보고 있었다.

알다시피 어학연수라는 것이 강제성도 별로 없고 상당히 자유로워서 공부를 하고 싶은 놈은 하고, 하기 싫은 놈은 퍼져 버리는 경우도 적지 않았다.

하늘을 향해 고개를 올리자 시리도록 푸르다고 느꼈다. 바로 앞의 농구장에서는 각기 5명씩 팀을 갈라서 반 코트 농구 시합을 하는 중이다.

할 일이 없었던 탓에 풀밭에 앉아서 그 시합을 구경했다. 그런데 바로 십여 미터쯤에 동양인으로 보이는 여자

199

둘이 박수를 치면서 누군가를 응원하는 모습이 꽤 특이하게 다가왔다.

아까 그 아이? 수업을 함께 들었던 그 여자 아이였다.

여자 아이는 현수와 눈이 마주치자 살짝 눈짓으로 인사를 하더니 이내 친구와 함께 누군가를 응원하기 시작했다.

"오빠! 슛! 슛!"

"아니! 아니! 패스! 어휴!"

"아깝다 그치?"

"응! 외국 애들도 농구 진짜 잘하네."

"화이팅! 민혁 오빠!"

짧은 갈색의 단발머리에 갸름하게 생긴 얼굴형, 또렷한 이목구비, 가디건 하나에 청바지를 입은 여자는 주위의 시선은 아랑곳하지 않고 연신 언성을 높이면서 고함을 치는 중이다.

그리고 얼마 후, 경기가 끝나자 백인, 남미 아이들 틈에서도 꿀리지 않고 운동장을 야생마처럼 뛰어 다니던 건장하게 생긴 남자 둘이 다가왔다. 그 둘은 여자애 둘과 만나 손뼉을 치며 하이파이브를 하더니 털썩 잔디밭에 주저앉았다.

"오빠! 물 여기!"

"오! 땡큐! 역시 우리 아영이밖에 없네."

"많이 힘들지? 그치?"

"그냥 아무튼 목말랐는데 고마워."

"부럽다. 이민혁! 확실히 잘난 놈은 달라!"

"다르긴! 자식!"

"에휴, 왜 이렇게 오글거리냐. 여친 없는 놈은 어쩌라고!"

"시끄러. 자, 가자."

이민혁이라 부르는 남자 아이는 키가 현수보다 머리 하나가 더 컸다. 새하얀 피부에 코가 오똑하고, 두 눈이 시원스럽게 생긴 전형적인 훈남 스타일이었다.

언뜻 봐서는 주아영이라는 여자 아이가 상당히 좋아하는 그런 느낌이다.

수건으로 다 큰 남자의 목과 손의 땀을 닦아 줄 정도로 자상한 여자아이가 있다는 것에 묘한 흥미를 느꼈다.

현수는 그렇게 모호한 표정을 드러내더니 엉덩이에 붙은 모래를 털고 일어섰다.

❋

그 날 밤, 현수의 동공은 모니터 화면에 마치 아교를 붙인 것처럼 떨어지지 않았다. 언제나 그렇듯 이 작업은 꽤 많은 인내심을 요구했다.

용량 문제 때문에 뉴스를 읽는 데 적지 않은 시간이 허비해야 했던 것이다.

그렇게 정치, 사회 등 무의미한 수많은 사건 사고를 지나친 후 그 중 특정 뉴스에서 시선이 꽂혔다.

天安에 신도시 건설 (1996.04.18)

역세권 주변 / 분당 2배 / 인구 25만명 수용 가능!

분당 신도시의 2배 면적에 果川(과천) 신도시 정도의 낮은 밀도를 갖춘 쾌적한 전원도시가 충남 아산군 탕정면을 중심으로 음봉면, 배방면 일대에 들어설 예정이다.

건설교통부는 경부고속철도 천안역 역세권 인근에 1천만평 규모의 신도시를 개발한다는 방침 아래…

폐광지역 '한국판' 라스베가스 건설 (1996.04.23)

江原道 태백, 삼척, 영월, 정선 4개 지역 확정.

98년까지 카지노 레저 시설 건설.

'진흥지구 지정' 보령, 화성, 문경에도 관광 단지.

통산부 특별법 시행령 입법 예고

"후후, 대단한데?"

순간 감탄사를 내뱉었다.

천안 신도시와 강원랜드라니! 동시에 알 수 없는 허탈감이 온 몸을 감쌌다.

가만? 이상한데? 신도시고 나발이고 어째서 나중에 천안 신도시가 유명해지지 않은거지? 기억을 되감았다.

판교, 분당, 일산, 심지어 산본, 파주 신도시까지 웬만한 사람은 다 알고 있다. 그런데 천안 신도시라고 말하니까 왜인지 몰라도 어감상으로 적당하지 않았던 것이다.

설마? 나중에 개발이 취소되는 것일까?

문득 생각하니 그것 외에는 그의 기억 속에 천안신도시가 존재하지 않는 점을 합리적으로 해석하기가 어려웠다.

강원랜드는 워낙 유명하니 굳이 설명할 필요도 없었다. 강원도의 폐광 지역에 획기적으로 카지노 신설을 허용한 것도 정치적인 타협의 산물일 것이다.

시기적으로 아직 2달 넘게 남았다. 정선 주위에 땅을 사두면 상당한 시세차익이 발생할 것이다.

그는 시간을 확인했다. 아직 한국은 훤한 대낮이었다. 다이얼이 눌러지는 소리와 함께 비서를 통해서 최상철에게 전화가 연결되었다.

"어떻습니까? 한국은?"

"좀 힘듭니다."

"왜요?"

"기업이 성장하니 요즘 곳곳에 날파리가 달라붙어서 떡 고물이라도 먹겠다고 덤벼드니 죽을 지경입니다."

현수는 대충 짐작한다는 듯이 낭랑한 어조로 말했다.

"죽기까지야? 흐흐. 정치권에서 뭐라고 합니까?"

"뻔하죠. 여권이고 야권이고… 에구. 작년까지만 해도 이런 것이 덜했는데 올해부터 청탁도 많아지고 정치 자금 도 노골적으로 요구하네요."

"적당한 수준에서 비위 맞춰주시고 절대 꼬투리 잡힐 일은 하시면 안 됩니다. 권력과는 너무 가까워도 너무 척 을 져도 둘 다 골치 아프다는 점 명심하세요."

"그럼요. 저도 노력하고 있습니다."

"그건 그렇고 충청도 천안시 아산군 탕정면과 강원도 정선 지역에 땅을 좀 사두세요."

최상철은 의아한 듯이 어물거리면서 말꼬리를 흐렸다.

"…땅이요?"

"네. 나중에 시세차익이 상당할 겁니다. 물론 여유 돈으 로 투자하고 시간이 그리 없으니 시세보다 좀 비싸더라도 웬만하면 계약 체결하세요."

"언제까지 하면 될까요?"

"적어도 4월 안으로 가시적인 결과가 나와야 합니다."

"너무 빠른데요? 땅이라는 게 무슨 주식도 아니고."

"아니요. 오히려 우리보다 먼저 선취매한 세력들이 있어서 가격이 생각보다 더 높을 수도 있어요. 그래도 무조건 매입하세요. 나오는 물건 전부!"

"미국 가시고 이제야 회장님 등쌀에 좀 쉴까 했는데 여전하시군요. 너무하네요. 에구."

"그런가요? 이거 미안하군요. 미국까지 와서도 이러니…"

"큭큭, 알면 되었습니다. 그런데 그 땅이 개발될 게 확실합니까? 저도 알아야 더 일하기 편하지 않을까요?"

부회장의 몇 가지 질문에 직급으로 깔고 뭉개기도 애매해서 어쩔 수 없이 존재하지도 않는 인맥을 들먹이며 둘러댔다.

"이번에 청와대로 영전한 정무 수석과 좀 아는 사이라서 어찌 하다 보니 고급 정보를 얻게 되었네요."

"역시! 그렇군요. 대단하십니다. 회장님."

"그 놈의 회장님 소리 좀 빼면 안 됩니까?"

"뭐 어때서요?"

"아무튼 우리도 움직일 때 부동산 중개인 몇 명 대리인으로 내세워서 토지 소유주와 접촉을 시키세요. 괜히 직접 움직여서 힘들게 하지 말고."

"괜찮은 생각이네요. 외지인이 나타나면 괜히 욕심이 생겨서 가격을 더 올릴 수도 있으니 나쁘지 않아 보입니다."

최상철은 진중하고 성실했다. 무엇보다 대화를 할 때 상대를 편하게 해주는 요령을 알고 있었다.

문득 자신이 부동산 투기꾼이 된 것 같아 미묘한 기분이다. 그렇다고 뭐 어쩌겠는가.

이미 정부의 고위 관계자들은 고급 정보를 먼저 접하고 개발지 부근에 차명으로 적지 않은 땅을 사두었을 것은 불을 보듯 뻔했다.

"계약할 때 계약금은 무조건 50%를 거세요. 계약금 액수가 적으면 나중에 정부에서 발표나면 물려달라고 계약 해지를 하는 경우도 있으니까요."

"문제없이 처리하겠습니다."

"……."

"아! 그리고 얼마 전에 개봉한 식스센스가 반응이 장난이 아닙니다."

"그래요? 그 영화? 관객 수 얼마나 들었죠?"

"벌써 4백만이 넘었습니다. 영화에 대한 입소문이 좋아서 요즘 TV에서도 집중 조명을 하는 편이구요. 반전이멋지다고 칭찬 일색입니다."

아직 이 시대는 멀티플렉스 영화관이라는 개념도 없었다.

영화 관람이 서민의 여가 생활이라 하기에는 시기적으로 빠른 편이었다.

1999년에 그 유명한 쉬리가 6백2십만명을 동원했으니 관객수 4 백 만은 확실히 적지 않은 숫자였다.

식스센스는 투자비가 겨우 16억밖에 들어가지 않은 영화였다. 특별히 액션씬이나 돈이 많이 드는 세트 장비가 불필요한데다 A급 스타라고는 신창민뿐이기 때문이다. 극장과 배급사에 배분해도 적어도 100억 이상은 남을 것이 확실해 보였다.

"수고가 많군요."

하지만 이런 예상과 달리 현수는 특별한 반응을 보이지 않고 수화기를 힘없이 내려놓았다.

✳

"현재 뉴욕 상품 거래소의 금 시세는 어제 종가 기준으로 366.20입니다."

현수는 마이클 강이 조사한 보고서를 대충 읽으면서 궁금한 점 몇 가지를 질문했다.

"금에 대한 위탁 증거금은 얼마죠?"

"1계약에 거래소에서 기준한 증거금은 1,200달러이고 유지 증거금은 850달러 수준입니다."

"1틱에 얼마입니까?"

"1틱의 가치는 10달러로 계산되는데 10틱까지 있습니다.

레버리지로 보면 30배 정도 나오네요."

"…30배라."

"……."

"그럼, 우리는 1 계약에 2천달러로 계산해서… 아니지! 차트가 조금만 출렁거려도 마진콜 위험이 있으니 넉넉하게 1계약에 3천 달러로 증거금 산출해서 1만 계약 전량 매입하세요."

"1만 계약은? 처음부터 너무 큰 게 아닐까요? 이럴 경우 자본금의 30% 가 금 선물에 묶이게 됩니다."

"그리 오래 넣어 놓지 않을 테니 걱정 안 해도 됩니다."

"그렇다면 어쩔 수 없겠네요."

이 때 지금까지 쭉 이야기를 듣던 SU F.C Stone의 투자 담당 디렉터인 마크 웰백이 눈썹을 찡그렸다.

모건 스탠리의 증권 분석 팀에 장기간 몸을 담았던 그는 주먹구구식으로 3천만달러를 금 선물에 베팅하려고 하자 어이가 없었던 것이다.

"회장님? 죄송한데 다시 한번 생각하는 게 어떨까요?"

"왜 그래야 하죠?"

"현재 금 가격 차트를 보면 작년부터 계속 상승을 한 상황이라 잘못하면 꼭지에서 물릴 가능성이 높습니다. 경험상 연일 신고가를 깨면서 폭등하는 구간은 진입하기가 애매한 구간입니다."

"관망을 하는 게 가장 효과적이라는 뜻인가?"

"네. 거기다 최근 지인에게 들은 정보로는 남아프리카 공화국에서 거대 금광이 새롭게 발견되었다 합니다. 조만간에 이 뉴스가 뜨면 추세가 꺾일 가능성도 배제 못합니다."

"확실히 좋은 분석이군요. 훌륭하네요."

"과찬입니다."

"허나 이 의견은 다음에 참고하는 것으로 하겠습니다."

"아, 네."

현수는 다소 떨떠름한 표정을 보이는 마크를 건너뛰더니 마이클 강에게 몇 가지 부연 설명을 덧붙였다.

"내일 당장 1만 계약을 체결할 필요는 없습니다. 2-3일 정도 시간을 두고 가격대가 좀 떨어지는 눌림목 구간에서 천천히 매입하세요."

"네. 알겠습니다."

마크 웰벡은 SU. FC. Stone Investment의 투자 책임자였다. 그의 주장은 일리가 있었다. 하지만 미래에 금 가격이 어떻게 변하는지 알고 있었기에 현재로서는 분석이고 나발이고 크게 중요하지 않았다.

그렇다고 회의에 참석시키지 않으면 오너 독단으로 투자를 한다고 직원의 불만이 쌓일 것이다. 다소 난감할 뿐이다.

※

　선물은 기초 자산의 가치 변동에 따라 가격이 결정되는 금융 상품이다.

　이런 파생 상품인 선물의 거래 대상이 되는 기초 자산은 주식, 채권, 통화 외에도 농수산물, 석유, 금, 은, 금속 등 위험으로부터 합리적인 방법에 의해 수치 평가가 가능한 모든 것이 포함된다.

　간단히 말하면 금이라는 기초 자산의 시세에 따라 파생되는 금 선물이라는 지수가 존재하고 상승이나 하락에 베팅하여 맞을 경우 이익이 발생한다. 반대로 포지션 진입이 틀릴 경우 손해를 보는 제로섬 게임이다.

　금을 구입할 경우에 원래 1틱에 10달러로 계산하면 1달러에 10틱이 있으니 10달러 x 10틱 = 100달러가 된다.

　그리고 현재 금 선물 지수가 366.20인데 여기에 100을 곱하면 100온스 troy ounces에 36,620달러가 나온다.

　즉, 기초 자산 금을 구입하기 위해서는 1계약에 36,620달러가 필요하지만, 파생 상품인 금 선물에 투자할 경우 거래소에서 뉴욕 상품 거래소에서 정한 1,200달러만 예치하면 동일한 효과를 볼 수 있다.

　그러니 만약 36,620달러의 1%가 상승할 경우 기초 자산에 투자할 경우 366.20달러밖에 벌지 못하지만, 금선물의 경우엔 1,200 달러 원금 대비 366.20 달러의 수익을 얻게 되니 30.5%를 얻게 되는 것이다.

물론 전형적인 'High Risk High Return'를 추구하는 선물의 경우 그 반대로 자신은 하락에 포지션 집입했는 데 정작 기초 자산이 상승할 경우 – 혹은 그 반대도 가능하다.

이 때 만약 증거금을 꽉 채워서 베팅하였다고 가정하면, 366.20에서 12.00의 지수가 빠져서 354.20로 내려 앉으면 자신이 최초에 넣은 기초 증거금은 깡그리 다 날리게 된다.

그 때문에 피해 방지를 위해서 거래소에서는 유지 증거금을 만들어서 특정 금액 이하로 내려갈 경우 보충하라고 연락이 가고 만약 자금을 넣지 못하면 강제로 반대매매가 나가는 것이다.

허나 운이 정말 좋아 자신의 예측대로 방향성이 일치하면 주식과는 달리 레버리지를 차용해서 복리식으로 엄청나게 커질 수가 있다.

✽

"…안녕하십니까? MBC 9시 뉴스 엄기영 앵커입니다. 오늘은 그동안 머리 아프던 정치 뉴스 대신에 모처럼만에 한국인의 자긍심을 느낄 수 있는 소식을 전해드립니다."

엄기영이 첫 멘트를 특유의 맛깔스러운 목소리로 밤 9시 시청자의 청각을 사로잡고 있었다.

그리고는 옆에서 진행하는 김은주 아나운서가 즉시 이야기를 받아서 이어갔다.

"네. 그렇습니다. 요즘 미국에서 한국의 어느 기업이 제작한 비디오 게임기가 폭발적인 인기를 끌고 있다고 합니다. 그런데 이 게임기가 놀랍게도 동작 인식이 가능하고 게임 플레이어의 행동에 따라 캐릭터가 똑같이 움직인다고 하네요. 그럼 미국에 나가 있는 이창렬 기자 연결해보겠습니다. 이창렬 기자?"

"안녕하십니까? 시청자 여러분. MBC의 이창렬입니다. …지금 제가 서 있는 이곳은 미국의 유명 할인점 매장입니다. 여기에 게임 코너에 위치한 AMC will이라는 동작 인식 비디오 게임기가 보이실 겁니다. 일본 유수의 게임기를 제치고 미국 본토에서도 가장 눈에 잘 보이는 곳에 진열되어 있습니다. 작년 여름에 본격적으로 출시된 이 제품은 현재 미국 10대 학생의 입소문으로 타고서 놀라운 히트를 기록하고 있습니다."

다시 화면은 해당 지점의 담당자에게 마이크를 넘기며 인터뷰 장면을 비춰주었다.

"AMC will 게임기는 갖다 놓기가 무섭게 팔리고 있습니다. 지난주에 50대를 받았는데 단 이틀만에 다 나갔습니다."

"이렇게 이 제품이 인기가 있는 원인은 무엇이라 생각하십니까?"

"글쎄요? 캐릭터가 마치 판타지 세상 속에 나오는 것처럼 이쁘고 멋진데다 플레이어가 움직이는 데로 조종이 가능하다는 게 가장 큰 것 같네요. 굉장히 창의적인 게임입니다."

"네. 고맙습니다."

이번에는 재빠르게 미국 PC 매거진 편집장의 사무실로 전환시키면서 그의 의견을 청취했다.

100조를 향해서

NEO MODERN FANTASY & ADVENTURE

Part 13-5. 미래 뉴스

"아주 획기적인 아이디어입니다. 이번에 소니에서 내놓은 플레이스테이션보다 어떤 면에서는 더 나아 보입니다. 물론 수많은 게임 소프트웨어를 가진 플레이스테이션과 달리 3개뿐인 소프트웨어가 향후 판매를 하는 데 단점으로 작용할지 모르겠네요."

이창렬 기자의 맨트는 계속 되고 있었다.

"…비록 시간의 제약 때문에 많은 곳은 방문하지 못했지만 어느 매장을 가더라도 일본 게임기보다 우리나라의 게임기가 소비자의 눈에 잘 보이는 위치에 전시되어 있어서 한 편으로는 뿌듯함을 느낍니다. 현재 AMC Will 게임기에 대한 반응은 가히 폭발적입니다. AMC 그룹은 최근 소비자에게 친근한 여러 가지 제품을 내놓는 무섭게 성장하는 기업입니다. …문화 산업이 결국 국력과 비례한다는 말처럼 같은 한국인으로서 박수를 보내지 않을 수 없습니다."

TV 화면은 엄기영 앵커가 있는 스튜디오로 바뀌었다. 엄기영은 허리를 곧추 편 채로 푸근하게 웃으면서 정면으로 응시했다.

"그렇잖아도 지금 스튜디오에는 이번 AMC Will 게임기를 처음부터 끝까지 연구 개발하신 박민석 기획 이사님을 모시게 되었습니다. 안녕하세요? 이사님?"

"네. 반갑습니다."

"최근 게임기가 대히트를 치면서 무척 기쁘시겠습니다."

"하하. 모두 성원해주신 국민 여러분 덕분이죠."

"처음부터 이런 말하기는 죄송한데 지금까지 대체 몇 대나 팔린 겁니까? 들리는 소문으로는 공급이 수요를 도저히 따르지를 못해서 암시장에서 몇 배의 가격에 팔린다는 루머도 있고…."

안경을 끼고 점잖게 생긴 AMC 게임의 이사 박민석은 차분한 어조로 설명하기 시작했다.

"일단 소비자 여러분께 죄송하다는 말씀을 먼저 드립니다. 현재 공장에서 3교대로 24시간 내내 풀가동을 하고 있지만 해외 각지에서 주문이 폭주하는 관계로 부득이하게 충족시켜드리지 못하고 있습니다."

"그렇군요. 어쨌든 게임기 출시와 더불어 스포츠 게임 쪽으로만 3종류의 소프트웨어가 나왔는데 일부 게임 매니아 입장에서는 너무 적은 숫자가 아니냐면서 불만도 있는데… 어떻게 생각하시는지요?"

"이 문제에 대해서도 연구진은 충분히 고려를 하는 상황입니다."

"아, 네."

박민석 이사는 걱정하지 말라는 듯 조리있게 말했다.

"향후 스포츠 뿐만 아니라 전통 액션 게임이나 무협지, RPG 장르까지 폭 넓게 소비자층에 맞춰서 CD를 준비 중이니 조금만 기다리면 될 겁니다."

"좋은 말씀 감사합니다."

"별 말씀을요."

"사실 기존의 국내 콘솔 게임 시장은 몇 몇 대기업이 일본에서 카피본을 들여와 살짝 개조만 해서 판매하는 수준에 불과했는 데요. 그러다 이번에 AMC Game에서 완전히 독자적인 게임기를 선보였는 데요?"

"네."

"그 때문에 일부 게임 매니아들은 이런 AMC의 행보에 대해 삼성도 못한 일을 AMC 게임이 해외에서 국격을 드높였다면서 찬사를 보내는 분들도 있습니다. 이런 현상에 대해서 어떻게 생각하시는지요?"

"글쎄요. 저희는 솔직히 국위 선양을 위해서 게임기를 만들어 팔아야겠다고 생각해 본적은 없어서요… 이 부분에 대해 어찌 설명해야 할지 모르겠네요."

어쩌면 수많은 정보의 홍수 속에 스쳐가는 작은 뉴스일 수도 있었다. 하지만 오랫동안 일본이라는 거대한 벽에 억눌려서 좌절을 느끼고, 복잡다난한 감정을 느낀 한국인에게는 작은 쾌거라 할 수 있다.

AMC Will 게임기는 무뎌진 가슴에 작은 희망의 씨앗을 피웠다. 절대 잊지 못할 뜨거운 열정이리라. 그 열정은 이내 어깨를 겨루고 당당하게 미국 시장에서 싸우는 어느 기업에 대한 이상향적인 숭배로 이어진다.

비록 이런 작은 일탈이 소수의 게임매니아로부터 형성되었지만, 어쨌든 그들은 진취적인 성향을 지녔다. 더구나 꽤 능동적이고, 편집광적인 외고집도 가졌다. 그렇게 애국심이라는 정서로 인해 AMC 브랜드를 추종하는 열성적인 팬덤이 형성되기 시작했다.

❋

아프리카 가나. 중소도시 수니아니의 어느 빈민가.
TV 속에서는 UEFA 챔피언스리그 16강이 한창이었다.

AC 밀란과 바르셀로나 FC의 선수단 소개가 끝나고 이제
막 전반전이 시작되려는 그 순간 먼지가 덕지덕지 앉은 구
닥다리 18인치 TV의 전원이 번쩍거리더니 나가버렸다.

흑인 소년은 이게 어떻게 된 영문인가 싶어서 TV를 툭툭
건드렸지만 불행히도 더 이상 화면은 흘러나오지 않았다.

'아씨! 재밌었는데….'

아이는 아쉬운 눈빛으로 이리저리 살폈다. 아프리카의
전력 사정 때문일까? 파워선은 연결되어 있지만 여전히
TV는 죽어 있었다.

그는 침울한 표정으로 주위를 둘러보더니 이불을 깔기
시작했다.

그러다 저 구석에서 지네 몇 마리가 꾸역꾸역 기어 나오
는 것을 발견했다.

아이는 조심스럽게 관찰을 하더니 어느 순간 빠른 속도
로 덮쳐서 지네 2마리를 짓이겨 버렸다.

흑인 아이는 손을 툴툴 털더니 천정을 바라본다.

차마 집이라 부를 수도 없는 판자촌의 지붕은 이미 썩어
문드러져 곳곳에 균열이 가 있다. 그 구멍 사이에는 비를
막기 위해 온갖 잡동사니가 쑤셔 박혀 있었다.

위에는 작은 전선 하나가 관통하면서 꼬마전구로 불을
밝혔고 그 밑에는 낡은 장롱과 각종 생활용품, 옷 따위가
무질서하게 굴러 다녔다.

아이는 170cm이 약간 넘는 키를 가졌다.

순해 보이는 눈동자와 검은 피부가 인상적이다. 아이는 더러운 추리닝 차림으로 고작 4-5평 남짓한 작은 방을 빗자루로 먼지를 쓸기 시작했다.

9살 때 어머니가 돈을 벌기 위해 수도인 아크라로 떠났고 아이는 팔십이 넘어 거동이 불편한 할아버지와 함께 살고 있었다.

현재 아이는 고등학교 1학년에 17살이었다.

아이는 시계를 맞추고는 잠자리에 누웠다. 내일 아침 5시에 일어나려면 9시가 조금 넘은 지금 자야 했다.

어두컴컴한 방안에 누워 꿈을 꾼다.

어머니의 흐릿한 얼굴이 지나쳐갔다. 이제는 무심해질 때도 되었건만 여전히 고독은 떨치기 어려운가 보다.

아프리카라고 해서 늘 더운 것은 아니다. 마침 지금이 온도가 가장 떨어지는 시기인데다 새벽의 공기는 상상 이상으로 서늘하다.

아이는 기상을 하면서 몸이 으스스한 떨림을 느껴야 했다.

'춥네. 휴우.'

억지로 일어나 차가운 물에 손을 씻고 바나나 몇 조각으로 배를 채운 다음, 학교를 가기 위해 나섰다.

"할아버지! 다녀올게요."

"쿨럭! 그래. 잘 다녀오고."

"네!"

아이는 책가방을 짊어진 채로 집 옆에 놔둔 더러워진 축구공을 손으로 잡았다.

여기서 학교까지는 걸어서 2시간이 걸렸다. 아이는 공을 튕기면서 천천히 걷기 시작했다. 축구공은 아이의 유일한 꿈이었다.

아프리카 아이들은 서방 세계 아이와 달리 딱히 할 게 없다.

그러니 공 하나면 다 할 수 있는 축구는 어디를 가도 인기 만점이 아닐 수 없다.

아이는 축구에 한껏 매료되었다.

드리블 하는 요령, 공을 차는 방법, 패스의 기술 따위를 눈동냥과 TV의 축구 시합을 보면서 배워갔다.

아이는 그것으로도 모자랐는지 아예 공을 끼고 살았다. 한창 부모의 손길을 타야 하는 어린 나이에 아이는 축구공으로 외로움을 달랬다. 공은 아이의 친구가 되었다.

그의 축구 실력은 이제 놀랄 정도로 발전해 있었다.

아이는 다른 허약한 아프리카 아이와는 달리 체격이 튼실했고 건장하다.

몸이 아픈 할아버지를 대신하여 고된 노동을 해야 하는 탓에 저절로 근육이 발달한 것이다.

등교 할 때마다 축구공을 가지고 툭툭 차면서 가는 우스꽝스런 행위가 오랫동안 습관으로 이어진 탓에 이제 그의 폼은 더할 나위 없이 자연스러워졌다.

어떤 때는 다리를 앞으로 쭉 펴서 공을 스카이 콩콩처럼 튕기거나 혹은 책가방을 맨 채로 공을 몰고 질주도 한다. 때로는 공을 놓쳐서 울퉁불퉁 튀어나온 자갈 사이에 공이 불규칙 바운드로 부딪쳐 나올 경우도 있다.

이럴 경우 부딪친 그 공을 안정적으로 퍼스트 터치를 하기 위해 공의 궤적을 확인하는 데 정신을 집중해야 한다.

축구 공은 마법사와 비슷하다.

정확한 터치와 강도가 이어져야 원하는 지점에 떨어진다.

생각했던 것보다 약간이라도 강도가 세면 그 공은 통제가 불가능한 영역으로 나가 버린다.

아이는 지난 번에 보았던 아프리카 네이션스컵의 결승전 몇 몇 장면이 새록 떠올랐다.

그가 다니는 학교는 수니아니시에서도 명문에 속하는 학교다. 아이는 항상 남보다 일찍 학교에 도착한다. 그것은 축구에 대한 기본적인 예의라 할 수 있다.

그리고는 이제는 녹이 잔뜩 슨 골대를 향해 슛 연습을

시작했다.

정지한 공을 때릴 때도 스파이크의 타격면에 따라 슛의 궤도는 달라지기 마련이다. 일반적으로 가장 효과적인 슈팅은 역시 감아차기다.

인프론트로 공의 바깥 면을 갈퀴로 긁듯이 때리는 방식이다.

'휴우. 이것도 힘드네.'

어린 아이는 정말 열심히 연습했다. 슛의 목표지점은 좌우 골포스트의 골대다.

그러던 그 때 뒤에서 그를 향해 천천히 걸어오는 누군가가 있었다. 고개를 돌려보니 학교의 고위 관계자와 이름 모를 중년 백인 남자가 그를 향해 손짓을 했다.

"에시앙!"

"네?"

"반가운 소식이다. 유럽에서 손님이 왔어!"

"뭐라구요?"

"반갑다. 나는 첼시의 스카웃 담당인 조디 메서라고 하네."

에시앙은 그 큰눈을 부리부리하게 뜬 채 어리둥절한 표정이다.

"……."

"너를 스카웃하고 싶어. 에시앙."

"정, …정말입니까?"

"그럼. 계약금으로 5십만 파운드 어때? 또한 2-3 년 후, 첼시 1군에서 뛸 수 있는 기회도 보장해주지. 이런 기회는 다시는 없을거야."

"네엣?"

마이클 에시앙의 두 눈에는 이 믿을 수 없는 현실에 대해 불신에 가까운 물음표가 가득했다. 아직 가나 청소년 대표팀으로도 뽑힌 적이 없는 마이클 에시앙으로서는 기가 막힌 일이었다.

너무 기쁜 소식을 접할 때는 오히려 아무 말도 못하는 법이다.

그렇게 적지 않은 시간동안 에시앙은 멍하니 서 있어야 했다. 그저 생각나는 것은 단 하나 뿐이다.

대체 5십만 파운드면 얼마일까? 국민 소득이 낮은 아프리카 국가의 입장에서 이 금액은 거의 천문학적인 액수으로 체감될 따름이다.

주름살이 가득한 어머니의 얼굴이 겹쳐졌다.

장거리 전화비가 비싼 탓에 한 달에 한번 겨우 전화 통화가 가능하다.

하지만 그 때마다 어머니는 제대로 된 대화를 이어가지 못했다. 에시앙의 목소리를 듣기만 하면 울먹거릴 뿐이었다.

고생이 많겠지. 얼마나 힘들까.

어머니는 수도인 아크라 역에서 생선을 팔고 있다.

그 비릿내, 그 짠 내, 그 정겨움. 여러 가지 형상화 된 이미지가 스쳐가고 있었다.

결국 에시앙은 이제 더 이상 고생시켜드리지 않아도 된다는 생각에 고개를 숙이며 웃었다.

"당연히 계약을 해야죠."

"반갑습니다. 마이클 에시앙! 이제부터 당신은 첼시 F.C의 일원이 되었습니다."

"네, 저도."

마이클 에시앙.

훗날 홀딩 미드필드로 EPL 역사상 가장 뛰어난 능력을 보유했던 괴물과의 첫만남은 생각 외로 평범했다.

하지만 첼시는 거대한 야망을 보유한 구단이다.

겨우 이 정도로 만족하지 않았다.

지금 이 시각에도 매의 눈을 가진 구단의 스카우트팀은 세계 각지로 흩어져서 아직 10대의 유망주에 불과한 티에리 앙리, 카를로스 푸욜, 사비 에르난데스를 접촉하면서 적지 않은 돈을 제시하고 있었다.

Su. F.C. Stone. Investemnet는 금 4 월물 매수 포지션으로 366.20 에 3천만달러의 위탁 증거금을 걸고 1만 계약에 전량 매입을 끝마쳤다.

이럴 경우 유지 증거금이 계약당 850달러였는데 실제 보유한 현금이 1계약에 3,000달러로 여유가 있었다.

이는 4월 초에 금 지수 400을 돌파하기 전에 주가가 조정을 받거나 출렁일 때를 대비한 안전 장치였다.

그렇다고 무작정 현금 보유분을 늘리면 선물 특유의 레버리지가 줄어들어 큰 메리트가 없었다.

그는 생각에 잠겼다.

그의 예상과 달리 하락할 경우 시나리오를 간단히 그려본다. 이럴 경우 추가 증거금을 원하는 한계 라인은 3천 달러에서 2,150달러를 손해보고 850달러 수준까지 폭락하는 상황이다.

금 선물의 경우, 지수 1은 10틱으로 형성되어 있다. 그리고 1틱은 10달러의 가치가 있으니 쉽게 말해 지수 1의 변동성은 10틱 x 10달러 = 100달러의 가치로 환산된다.

그리고 2,150 달러는 곧 지수 21.5의 하락과 동일할 것이다. 속으로 중얼거렸다.

- 결국 금 지수 366.20가 344.70까지 떨어져야 증거금이 더 필요하고, 336.20까지 떨어지면 마진 콜이 되는 건가?

– 하락율로 계산하면 마이너스 8.2%가 나왔을 때?

확실히 손이 안 떨리는 게 더 이상하겠는데.

금의 역사적인 변동성이 지수 선물이나 혹은 통화 선물에 비해 적었기 때문에 그나마 이 정도였지. 만약 변동성이 강한 나스닥 선물이나 달러화였다면 더 심했을 것이다.

하지만 하루, 이틀이 지나자 이런 걱정을 비웃으면서 금 4월물은 역사적인 신고가를 계속 갈아치우며 불과 5일만에 370을 훌쩍 돌파하고야 만다.

현수는 마크 웰백을 직접 불러서 몇 가지 지시를 더했다.

"계약수를 좀 더 늘리세요. 돈을 벌 수 있을 때 버는 게 더 낫겠어요."

"연일 신고가라서 좀 불안하기는 하지만 추세가 아직 살아 있어서 괜찮다고 봅니다. 그런데 몇 계약이나 더 늘릴까요?"

"오늘 날짜로 금 4월물이 372.10인가요?"

"네. 상승세가 요즘 장난이 아니네요."

"그럼, 1만 계약 더 잡으시고, 혹시 모르니 증거금으로 기존에 번 돈에다 2천만 달러 더 넣으세요."

"그렇게 하겠습니다."

마크 웰백은 쾌활한 어조로 대답했다.

현수가 회사에 금전적인 손해를 끼쳤다면 몰라도, 불과 며칠 만에 6백만 달러를 벌어 들였다. 이미 실적으로 증명했기 때문에 아무리 이쪽 계통에 짠밥이 오래 되었다 해도 더 이상 반박하기가 힘들었다.

다만 의외인 점은 그냥 홀딩이 아니라 더 강하게 베팅을 한다는 점이었다.

확실하다고 느끼는 건가?

100조를 향해서

NEO MODERN FANTASY & ADVENTURE

Part 13-6. 미래 뉴스

Part 13-6. 미래 뉴스

　　베팅에 베팅을 더 간다는 것은 역설적으로 금의 추세가 한동안은 절대 꺾이지 않는다는 확신이 없다면 어려운 선택이리라.

　　선물의 무서운 점은 방향성이 일단 일치해서 이익이 계속 나면 플러스 된 수익률의 현금분만큼 추가 자금의 투여 없이 재차 레버리지를 사용하여 계약을 끊임없이 증가시킬 수 있다.

　　마치 주식으로 미수를 때려서 매입 금액 자체 사이즈를 부풀리는 것과 비슷하다고 할까?

　　그러나 이 경우 한번 방향성이 어긋나면 되로 받을 것으로 말로 받는다는 것처럼 치명적인 손해로 이어지게 된다.

2만 계약이라니…. 여태까지 적지 않은 투자가를 만나 보았지만, 정현수처럼 이토록 공격적으로 베팅하는 인물은 많지 않았다. 이것은 금액의 절대 크기가 아니라 Su. F.C Stone Investment의 자산 대비 투자금액의 절대 비율을 의미했다. 1억 달러 자산에 5천만 달러가 금 선물에 들어가 있었다. 모르긴 몰라도 다른 투자 기관이 알았다면 경제학의 기본조차 모른다고 냉소와 조롱만 보냈을 것이다.

'과연 얼마나 버틸 수 있을까?'

갈등 섞인 푸념이 마음 저 깊은 곳에서 맴돈다.

몇 번은 운이 따라 주면 가능할 수도 있다. 허나 수십 수백번은 행운의 여신이 따라 붙어도 절대 불가능하다. 그때부터 오직 요구되는 것은 실력뿐이다.

돈을 따면 성공, 돈을 잃으면 실패. 승자와 패자. 그것을 가르는 기준은 결국 Money 돈이다.

화려한 생활과 다르게 월가라는 지옥은 거대한 프레스로 눌러진 채 하루하루를 찌든 스트레스의 인생으로 힘겹게 살아갈 따름이다.

그렇게 마크 웰백은 재미난 구경거리를 보는 것처럼 방관자로 남아 승자가 누가 될지 지켜볼 뿐이다.

제프 베조스는 여러 명의 임원을 앉혀 놓고 회의에 여념이 없었다. 그의 입에서 다시 속사포가 튀어나왔다.

"그러니까? 한번 쿠키에 저장한 데이터를 통해서 다음에 고객이 방문하더라도 바로 구매가 가능하게 한다는 것인가?"

"네. 조사를 해본 결과 인터넷 사이트에 입력해야 할 항목이 많을수록 번거로움 때문에 실구매로 이어질 확률이 줄어든다는 보고도 있습니다. 그러니 이 방식을 사용할 경우 고객의 접근성과 편의성에서 확실히 매출 증대에 이바지할 확률이 높습니다."

"좋은 아이디어군."

"아닙니다."

"좋아. 그럼 그 원 클릭 기술을 당장 우리 사이트에 사용할 수 있게 기술팀과 상의해서 사이트 리뉴얼 하시고…."

"네."

"그리고 또 다른 안건이 뭐라고 했지?"

그러자 출판사와 계약을 맺고 책 사입을 책임지는 데이비드 케이지가 헛기침을 하면서 말했다.

"그게 문제가 메이저 출판사에서 불만이 많습니다."

"대체 어느 출판사가 그래?"

"톰슨 루터, 랜덤 하우스, 맥밀란에서 며칠 전에 공문이 왔습니다. 중소 출판사는 어차피 정가에 나가고 저희 회사가 이익을 안 남기는 포지션을 취하니 큰 불만은 없는

데… 알다시피 베스트셀러는 이쪽에서 많이 공급하는 상황이라…."

"제길! 고작 베스트셀러 할인 좀 했다고 떽떽거리기는!"

"그 쪽 입장에선 우리가 출판 시장을 교란하는 주범으로 찍었습니다. 우리 때문에 전국 서점들이 항의가 빗발치는 상황이라 책 판매 가격을 올리지 않으면 절대 좌시하지 않겠다고 하는 데 어찌 해야 할지?"

"우리가 앞으로 오프라인보다 더 많이 온라인에서 매출을 책임져 준다고 비전을 제시하면 되지 않을까?"

"그렇잖아도 메이저 몇 군데와 통화를 했는 데 이번은 엄포가 아닌 것 같습니다."

"어휴. 좀생이 같은 놈들! 다 같이 먹고 살자고 하는 짓인데 투덜거리기는!"

데이비드 케이지는 사장이 언성을 높이자 눈치를 보면서 조심스럽게 입을 뗐다.

"어떻게 할까요?"

"어떻게 하기는! 공급 안 한다면 하지 말라고 해! 어차피 미국에 출판사는 넘치고 넘치잖아? 그깟 베스트 셀러 몇 개 못 잡는다고 큰일이라도 날까?"

"그래도 소비자 입장에선 동네 서점에는 판매가 되는데 저희 회사에서 판매가 안 되면 이미지 문제도 있고."

"잠깐! 생각 좀 해보고."

제프 베조스는 이제 겨우 32살의 젊은 청년이었다. 프린스턴대학의 전자 컴퓨터 공학과를 졸업 후, 벤처 기업과 헤지펀드에 근무를 했던 이력이 있었다.

그런 탓에 굉장히 사물을 보는 눈이 예리했다. 현재 그의 회사는 창업한지 2년밖에 되지 않았지만 폭발적인 성장률을 기록하고 있었다.

제프 베조스는 마음에 안 든다는 듯 툴툴거리면서 결론을 내렸다.

"정 안되면 베스트셀러 책 소매로 몇 백 권 사서 전시용으로 사이트에만 올려 놔. 그 정도 센스도 없어서 일 어떻게 하려고 해? 안 그래?"

"아, 그거 좋은 아이디어네요."

"그래. 우리가 굳이 출판사에 끌려 다닐 필요 없어."

"네."

마라톤과 같은 장시간의 회의가 끝났다. 제프는 사무실에서 홍차를 즐기며 분주하기 짝이 없는 회사를 보았다.

이제 겨우 2년이다. 고작 3백 달러의 자본금으로 시애틀에서 창업한 이 회사가 어디까지 뻗어갈지 그는 짐작조차 되지 않았다. 직원 숫자는 이제 겨우 백 명 남짓에 불과했지만 왜인지 뿌듯한 자부심이 느껴졌다.

그는 이제 몰아치기 시작한 IT 시대의 혁명가였고 개척자였다.

벽걸이 시계의 시침은 오후 2시를 가르켰다. 예정되어
있는 또 다른 미팅이 시작되었다.

웬만하면 식사 후, 오수라도 하기 위해 시간을 늦추겠지
만 오늘 온 손님은 저 멀리 뉴욕에서 온 이들이다.

비록 투자를 받는 것에 큰 흥미를 가진 것은 아니라 해
도, 회사라는 것은 살아 움직이는 생명체라 할 수 있다. 웬
가쪽이면 인맥을 넓히기 위한 차원에서도 만나 볼 필요성
이 있었다.

"SU. FC. Stone. Investment라니? 이름이 꽤 독특하
군요."

"네. 이번에 새로 만든 작은 투자 회사입니다."

"음, 그래요?"

마크 웰백이라는 SU. FC의 투자 자문역과 대니얼 헤이
먼이라는 변호사는 차분한 어조로 대화를 진행시켰다.

"그런데 전화로 듣기로는 저희 회사에 투자를 하고 싶
다고 비서에게 들었는데 맞습니까?"

"네. 우연히 잡지에서 귀사를 알게 되었습니다. 기존의
오프라인 서점 판매와는 달리 온라인으로 다양한 라인업
의 데이타베이스를 구축하여 책 가격을 파격적으로 낮춘
점이 메리트가 있더군요. 거기다 최근 방송에 몇 번 나오
시면서 화제가 되지 않았나요?"

"뭐, 올해 들어 여러 군데 인터뷰를 하고 취재가 나와서

정신이 없긴 했소."

제프 베조스의 말투는 여유만만한 태도로 말했다.

전형적인 작은 성공에 도취되어 불타오르는, 그래서 약간은 자만심이 엿보이는 모습이다. 하지만 대니얼 헤이먼은 여전히 부드러운 어조로 설명했다.

"그러실 테죠. 어떻게? 지난 번 팩스로 보낸 정식 제안서를 검토 해보셨는지요?"

"미안하군요."

"무슨 뜻이죠?"

"그게… 알다시피 우리 아마존은 2년밖에 안 된 기업이지만 매년 폭발적인 매출을 기록해 왔습니다. 그 때문에 최근 몇 군데 투자 자산 운용사로부터 좋은 제안이 들어와서 일부 지분을 매각한 상황입니다."

마크가 그의 말에 다소 불쾌하다는 듯이 개입했다. 웬만해선 뉴욕에서 내린 현수의 지시 때문에 이쪽의 기분을 거슬리고 싶은 생각이 없었지만 한번쯤은 강하게 받아칠 필요성을 느낀 것이다.

"그런가요? 하지만 저희가 전화로 통화할 때만 해도 이런 말씀을 안 하지 않았습니까?"

"크흠. 그 부분은 죄송스럽게 생각합니다."

"아닙니다. 괜찮습니다. 그보다 먼저 투자를 받았다면 회사에 사내 유보금이 많겠군요?"

"많기는 많은 데 여전히 회사의 인지도나 판매 구조로 볼 때 손익분기점을 맞추기 위해서는 시간이 필요하다고 보는 편입니다. 아무튼 여기까지 오셨으니 그 쪽의 제안서를 보고 싶네요."

"그러시죠. 아마 이만큼 좋은 제안서도 없을 테니 천천히 검토 부탁드립니다."

제프 베조스는 그리 두껍지 않은 서류를 읽으면서 내심 놀라야 했다. 생각 외로 보고서가 정확해서였는 데 회사의 매출 및 이익, 현금 흐름, 자산 수치 항목이 대부분 다 부합했던 것이다.

그만큼 상대가 정성을 기울였다는 반증일까.

마크 웰백은 제프의 애매모호한 표정을 읽자 기회를 이용해서 결정타를 날렸다.

"저희가 알아낸 바로는 1994년에 아마존 창업, 작년 1995년의 매출이 1백 2십만 달러, 올해 1996년의 예상 매출이 5백만 달러로 알고 있습니다. 그런데 올해 예상 적자가 천만 달러가 넘을 것 같던데? 아닌가요?"

"천만 달러까지는 아니고…."

"투자가들에게 얼마에 매각한지 몰라도 잘 생각해보세요. 지금이야 획기적인 아이템만으로 실적이 없어도 곳곳에서 투자하겠다는 곳이 넘치니 괜찮겠죠. 하지만 과연 3년 뒤, 5년 뒤에도 이럴 것이라 보십니까?"

제프는 냉랭한 표정으로 똑부러지게 대답했다.

"허나 그들은 우리 아마존의 미래를 보고 투자한 것입니다. 단순히 당신들처럼 현실의 성과만 보고 모든 것을 평가를 한다면 이 세상에 할 수 있는 일은 과연 뭐가 있을까요?"

"아니죠. 이유야 어쨌든 지금처럼 끊임없이 적자만 난다면 결국 현금은 소진되게 마련입니다. 그 때가 되면 거품처럼 포장되던 회사의 가치는 신기루처럼 사라지고 최악의 경우 펑하고 터질 수도 있지 않을까요?"

"……"

"거기다 과연 인터넷 전자 서점이 아마존만의 특권이라 하기에는 너무 진입 장벽이 낮지 않나요? 지금 이 순간에도 Book-wire, Book-pool, Book-web 등 카피캣들이 끊임없이 생겨나고 있습니다."

제프는 다소 오만한 성격의 소유자였지만, 뛰어난 학벌에 걸맞게 타인의 비판도 수용하면서 날카로운 언쟁도 두려워하지 않았다. 그는 흥미롭다는 표정을 짓더니 속에 있는 것을 끄집어내서 이야기했다.

"그 부분은 이미 회사 내에서 수도 없이 토론한 이야기요. 중요한 것은 현실이죠. 항상 처음 시장을 개척한 이에게는 달콤한 보상이 따르는 법입니다. 우리 아마존은 실체가 없는 서점입니다. 직원의 인건비를 제외하고 도매상과 고객을 연결시켜주는 에이전트나 마찬가지입니다. 거대한 창고도 필요 없고 물류도 따로 존재하지 않습니다. 이 얼마나 대단한 쇼핑의 혁명입니까?"

"좋습니다. 아쉽지만 토론은 이 정도로 끝내기로 하죠."

"대체 얼마에 지분을 매입하기를 원합니까? 일단 들어는 봅시다."

"기존 제안서에서 좀 더 올려서 전체 지분의 20%! 아마존 전체 가치를 2천만달러로 계산해서 4백만 달러를 쳐드리죠."

"생각한 것보다 적은 것 아니오? 2천만 달러라니?"

그들 사이에는 조용한 정적이 스쳐갔다. 제프는 직선적인 성격 그대로 협상을 냉정하게 끊었다.

"……."

"아무튼… 그 가격에는 힘들겠소."

하지만 대니얼 헤이먼은 이런 반응까지 예상했다는 듯이 알 수 없는 미소를 지으며 말을 계속했다.

"그럼 6백만은?"

"거 참."

"더 올리죠. 8백만은 어떤가요?"

"아니! 무슨 경매장도 아니고 이게 뭐하는 짓이오? 우리가 지금 돈이 없어서 어려움을 겪는 상황도 아니고."

"천만은?"

"……."

"그럼 지분 15%로 낮추고 천만은?"

제프 베조스의 얼굴은 다소 난처한 빛을 드러내더니 조금전과는 달라져 있었다. 파격적인 조건을 제시하는 상대의 협상안에 망설이는 기색이 역력했던 것이다.

"제길! 오늘 아주 작정을 하셨군요."

대니얼 헤이먼은 이번 협상안의 최종 책임자였다.

그는 산전수전 다 겪은 노련한 인물답게 제프의 마음이 갈팡질팡하는 것을 느끼자 강하게 설득했다.

"제프! 정말 마지막 제안입니다. 아마존 지분 10%, 그리고 그에 대한 가치로 천만 달러를 투자하겠습니다."

"어렵군요. 어려워."

"뭐가 어렵다는 것이죠?"

"솔직히 말씀드리지. 지난 번 헤르메스 캐피탈에게 받은 이후로는 회사 내부적으로 더 이상 투자를 받지 않기로 했소."

"헤르메스 캐피탈? 엔젤 투자기관으로 유명하지만 과연 그들이 우리처럼 아마존의 지분 가치를 높게 쳐주던가요? 적자 투성이의 신생 기업 아마존의 가치를 1억 달러로 쳐주는 기관은 없지 않나요?"

"미안합니다. 더 이상은 해봤자…."

"할 수 없네요. 좋은 인연인줄 알았는데 아니군요."

"잘 가세요."

대니얼 헤이먼은 첫 번째 회장의 지시를 제대로 이행하지 못해서 답답했지만, 그가 현수에게 얻은 권한은 최고 천만 달러까지였다. 그 이상은 방법이 없었다.

다른 한편으로 아마존이라는 미국의 신생 인터넷 전자 서점의 전망이 아무리 밝아도 금액이 너무 과하다는 생각이다. 그가 볼 때 인터넷 전자 서점이라는 시장의 최초 개척자라는 프리미엄을 감안해도 회사의 가치는 2천-3천만 달러를 넘기 어렵다고 본 것이다.

그러니 차라리 지분 매입을 하지 않는 것이 더 나은 것이라 합리화시키며 뉴욕행 비행기에 몸을 실었다.

❄

"음, 아마존에서 투자 받는 것을 원하지 않는다고요?"

"회사의 미래도 괜찮고 이미 몇 군데 월가의 투자 기관에 지분을 좋은 조건으로 넘긴 모양입니다. 그 쪽으로서는 현금이 부족한 것도 아니니 그럴 수 있다고 봅니다."

"머리가 아프네요."

마크 웰백은 자신이 느낀 점을 차분한 어조로 보고했다. 여전히 몇 몇 영어 대화에서 알아듣지 못하는 부분이 등장했지만, 현수는 이럴 경우 몇 번이고 다시 물었다.

그들로서는 상사가 외국인인 것을 알기에 되도록 정확한 발음을 바탕으로 대화를 느리게 했다.

만약 여기가 그의 회사가 아니었다면 – 영어 실력이 딸린다는 이유만으로 심리적으로 꽤 위축이 되었을 것이다.

현수는 생각 외로 일이 안 풀린다고 느끼면서 마이클 강에게 질문을 던졌다.

"마이클 강? 뭔가 좋은 아이디어 없을까요?"

"아마존이라는 그 업체가 아니면 안 됩니까? 미국에는 혁신적인 아이템과 기술력으로 무장한 훌륭한 벤처 기업이 많습니다. 굳이 천만달러나 투자하면서 우리가 저자세로 나가야 할 필요성이 있을까요?"

"알아요. 당신 말대로 자금난에 허덕여서 투자를 받기 원하는 기업이야 시장 바닥에 파는 정어리 더미보다 더 많을지 모르지. 하지만 아마존은 다릅니다."

"뭐가 다르다는 것이죠?"

"그게…."

현수는 말꼬리를 살짝 흐릴 수밖에 없었다. 아마존을 왜 지금 이 시점에 투자를 해야 하는 지? 그에 대해서 합리적으로 설명하기가 난감했기 때문이다.

아마존.

미래의 현수가 어찌 아마존을 모를 수 있을까? 미국 IT 산업을 이끌었던 수많은 기라성 같은 IT 업체 중에서 늘

열 손가락 안에 포함된 메이저 브랜드 중 하나다.

그들 중 5년 후, 10년 후에 아마존의 회사 가치가 어느 정도까지 오르는지 안다면 아마 사채를 빌려서라도 이 회사의 주식을 미리 사두었을 것이다.

지금이야 아마존의 초창기라서 인터넷 전자 서점 역할에 매진하고 있을 뿐, 이제 곧 CD, 게임, 완구, 옷, 전자, 보석까지 판매하는 종합 인터넷 쇼핑몰로 화사하게 변신하게 된다.

현실은 현실인가?

이 둘을 시애틀로 보낼 때만 해도 아마존에서 투자를 받아들이지 않을 것이라고는 생각도 못했는데 막상 받아들이지 않으니 딱히 방법이 떠오르지 않았던 것이다.

이런 현수의 어두운 표정을 살피던 마크 웰백은 조심스럽게 자신의 생각을 이야기했다.

"회장님? 정말 어떤 대가를 치루더라도 아마존의 지분을 얻고 싶으신가요?"

"그렇다면? 왜요? 뭐 좋은 아이디어라도 있나요?"

"솔직히 이런 경우… 보통 거래를 할 때 쌍방 중 어느 일방이 내켜하지 않으면 계약을 성사시키기 어려운 것은 사실입니다."

"음…."

"하지만 아주 불가능한 것은 아니죠."

그러자 마이클 강이 눈빛을 섬광처럼 빛내며 되물었다.

"가능하다는 건가?"

"네. 토끼가 굴로 들어가서 나오지 않으면 불을 피워서라도 나오게 해야죠. 아마존 사장이 투자 받는 것을 탐탁하지 않게 생각하는 이유도 아마존이라는 회사가 워낙 잘나가니까 그런 것이 아닐까요?"

100조를 향해서

NEO MODERN FANTASY & ADVENTURE

Part 13-7. 미래 뉴스

Part 13-7. 미래 뉴스

　　지금까지 침묵을 지키던 대니얼 헤이먼은 마크 웰백의 참신한 아이디어에 투박한 음성으로 반문했다.

　　"그 뜻은? 아마존이 비즈니스를 하는 데 방해를 놓아서 환경을 어렵게 만든다는 뜻인가?"

　　마크 웰백은 머리카락을 손으로 정돈하면서 고개를 끄덕였다.

　　"네. 좀 더 정확히는 아마존 비슷한 신생 업체에 투자를 하던가 자금 지원을 해서 아마존을 고사시키는 전략이죠."

　　"그거 괜찮군. 좀 더 자세히 말해봐."

　　"현재 아마존이 성공 가도를 달리는 이유는 기존 오프라인 서점에서 판매하는 책 가격보다 10-30% 이상 할인

혜택을 소비자에게 돌려주기 때문입니다. 이런 할인율이 가능한 이유도 서점처럼 임대료 및 창고 보관료, 직원 인건비 포지션이 없기 때문이죠."

현수는 담담한 표정으로 질문을 던졌다.

"그러니까. 우리가 아마존의 할인폭보다 더 많이 하자는 그 뜻인가요?"

"그렇습니다. 물론 금전적으로 어느 정도 깨지는 것은 감수해야겠지만 아직 인터넷 전자 서점 초창기라서 적자를 보더라도 큰 비용은 나가지 않을 듯 보입니다. 최소 몇 개월만 이런 파격적인 공세를 쏟아 내면 어쩌면 아마존에서 자진해서 저희에게 도움을 요청할지도 모르죠."

"다 좋은 데 너무 비윤리적이지 않을까?"

"어차피 비즈니스라는 세계는 경쟁업체를 물어뜯어서 쓰러트려야 자신이 사는 세계입니다. 법률에 어긋나면 몰라도 그러지 않는 이상엔 꼭 그렇다고 보지는 않습니다."

"좋아. 아마존 경쟁업체 중에 우리가 개입할 수 있는 업체와 접촉해서 진행시켜 보세요. 그리고 어떤 일이 있어도 배후에 우리가 존재한다는 사실은 아마존에게 흘려서는 안 됩니다."

"네."

편법으로 업체를 고사시키는 전력이라 그다지 즐거운

기분은 아니었다. 그렇다고 이대로 아마존을 놓치면 나중에 후회할 것이 분명했다.

＊

금 4 월물은 꾸준히 오르고 있었다.

372.10에서 현수는 1만 계약을 과감하게 더 매입하여 모두 2 만 계약을 만들었다. 혹시 모를 하락 때문에 2천만 달러를 더 넣어서 현재 증거금은 총 5천만 달러가 예치되어 있었다.

그렇게 시간은 열흘이 더 지났다.

금 선물은 2월 16일이 되자 380달러까지 터치했고, 종가는 379.40을 찍으면서 6일 연속 양봉을 만드는 데 성공한다.

하지만, 호사다마일까. 아니면 계속된 상승에 지친 탓일까? 2월 17일 아침부터 남아프리카 공화국에 거대 금광이 발견되었다는 악재가 터지면서 시초가부터 긴 음봉으로 시작했다.

그리고 결국 거래량이 터졌다.

그 때까지 눈치만 보던 매물이 무더기로 쏟아지더니 수요와 공급의 법칙에 따라 장중 한 때 무려 -4.3% 폭락을 했다.

금 지수는 363.30까지 찍었다.

현수의 평균 매입가는 366.20에 1만 계약, 372.40 포인트에서 1만 계약을 추가하여 평균 매입 단가는 369.30 포인트라 할 수 있다.

결국 그 때문에 최고점 20,200,000 달러까지 수익을 얻었지만, 한순간에 −12,000,000 달러로 손실을 기록하게 된다.

하지만 그도 잠시… 차트는 그저 한순간에 지나갈 뿐이다. 뒤에서 차트를 조종하던 메이저들은 결코 모양이 안 좋은 차트는 허용하지 않았다.

불과 오전만 해도 폭락의 징조로 출현한 거대 음봉은 점심 전후로 꾸준하게 상승에 상승을 거듭하더니 결국 막판에는 −1.3% 하락으로 장을 마감하게 된다.

그 후 삼일간은 거래량이 계속 터졌다.

다시 손바뀜이 활발하게 이루어졌고 십자 음봉 하나, 십자양봉 두 개로 이쁜 눌림목을 만든다.

주가는 다시 창공을 향해 훨훨 나는 독수리처럼 무섭게 비상하고 있었다. 매물벽을 돌파한 신고가의 영역은 그 때문에 무서운 법이다. 웬만한 악재는 다 이겨냈다. 적당한 매수세의 엔진만으로도 주가는 뛰고 또 뛰기 때문이다.

그렇게 2월 27일이 되었다. 금 4월물은 연이은 상승 끝에 마침내 390.30을 찍었다.

이 때 현수는 4천 2백만 달러의 수익을 올렸다. 거기다 기존의 증거금 5천만달러를 합치면 선물 계좌에 9천 2백만달러의 현금이 잠자고 있었다.

현수는 또 다시 베팅을 했다.

계좌의 막대한 잔고를 바탕으로 2만 계약을 더 추가한 것이다.

그렇게 금 4월 물에 총 4만 계약의 매수 포지션을 구축했는데 그 때문에 매입 단가는 점점 높아져서 금 4월물 의 평균 매입 단가는 379.80이 되었다.

쿠바 미국 민간기 2대 격추 (1996.03.26)

아바나 인근 해역서… 탑승 4명 생사 확인 안 돼.

클린턴 즉각 해명 요구. 불응시 쿠바 제재 시작

마크 우드링 해안 경비대 소령은 이날 오후 3시 45분 (한국 시각 3월 25일 새벽 5시 45분)께 세스나 337 민간 비행기 2대를 격추시켰다는 연락을 받았다고 확인했다. 클린턴 미국 대통령은 이날 사건을 보고 받은 뒤 강도 높게 비난을…

美 경찰 멕시코 밀입국자 둘 구타 (1996.04.03)

[제 2 의 로드니 킹 사건] 비화조짐

　미국에 밀입국하려던 멕시코인들이 검문에 불응하고 도
주하다 경찰에 붙잡혀 무자비하게 구타당하는 장면이 4월
1 일 생중계 되어 92년 L.A 폭동을 야기시켰던 [로드니 킹
사건]의 재판이 될 조짐을 보이고 있다. 이 사건은 멕시코
불법 이민 21 명을 태운 소형 트럭이 1일 국경도시인 샌디
에고 북쪽 도로상에서 검문에 불응하고 도주하면서 시작
되었는 데…

　美 경제 GM 파업 주름살 (1996.04.12)
　車 부품 외부 구입 계획에 반발 -〉 12만명 해고
　피해액 백억 달러 -〉 경제 성장률 0.3% 낮춰

　세계 최대의 자동차 회사인 제네럴 모터스(GM) 의 파업
이 11일째 지속되는 가운데 여전히 구체적인 해결책을 못
찾고 있는 형편이다. 2일 오하이오주 데이턴에 있는 GM
델피 브레이크 공장의 파업으로 GM의 29개 공장 중 24개
공장이 브레이크 부품을 공급 받지 못해…

　'민간기 격추, 불법 이민자 체포, 노동자 파업'
　뉴스를 읽으면서 유독 눈에 들어오는 몇 가지 미국 관련

정보였다. 그다지 특별날 것도, 그렇다고 실질적으로 그에게 도움이 될 만한 것은 아니었음에도 이상하게 시선이 끌렸다.

그렇게 생각을 접고 넘어가려던 찰나에 문득 기억나는 게 있었다. 혹시 이 소식들이 미국 정치권에 도움이 되는 것은 아닐까?

문득 설익은 호기심이 떠올랐다.

하나 하나 뜯어 보면 사실 별 것 없는 뉴스라 할 수 있다.

하지만, 이런 몇 가지 정보를 미리 알게 되면 사건을 미연에 방지할 수 있지 않을까?

그렇다면 과연 이 정보는 어느 쪽에게 더 가치가 있을까?

그것은 궁금증이었다. 그래도 야당보다는 여당? 아니지. 아무래도 미 행정부가 아닐까? 아니면 백악관? 늘 국민 여론에 신경 쓰고 지지율에 웃고 울 수밖에 없는 입장에서는 어쩌면 꽤 도움이 될지 모른다.

미래에 발생하게 되는 뉴스다. 그 뉴스에 적절하게 대처를 한다면 행정부, 아니 대통령의 지지율은 이론상 올라갈 것이다.

이제 클린턴 1 기의 4 년도 끝나고, 무엇보다 올해 11월에 대선이 있다.

정치인에게 그것도 대선을 앞둔 인물에게 국민 여론보다 더 중요한 것이 있을까.

현수는 머리속이 밝아지는 것을 느꼈다. 거래의 법칙은 주고 받는 것이다.

평범한 동양인 정현수라면 미합중국 대통령과 거래 자체가 불가능할 것이다. 하지만 이런 몇 가지 선물을 준다면 어쩌면 대화가 가능할 수도 있지 않을까?

현수는 적지 않은 시간동안 헝클어진 생각을 정리하면서 시뮬레이션했다.

객관적으로 보아도 어느 정도 승산이 있는 게임이라 결론을 내릴 수 있었다. 하지만 여전히 남는 숙제가 존재한다.

클린턴과 만날 수 있을까? 그리고 어떻게?

이 부분은 굉장히 회의적이었다.

세상이 어찌 그렇게 단순할까? 이런! 그는 세계 최강국이라는 미합중국의 자랑스러운 대통령이었다. 이런 저런 고민 끝에 현수는 어딘가로 직접 편지를 쓰기 시작했다.

＊

오랜만에 비가 세차게 내리고 있었다.

E.F International School이 위치한 테리 타운은 뉴욕

외곽에 위치해 있었고, 숲이 우거진 동화 속에 나오는 마법의 성처럼 꽤 아름다운 곳이었다.

포드 토러스는 가벼운 엔진음을 내면서 천천히 움직이기 시작했다. 미국인의 자부심이라는 이 차는 실내 공간이 넓었고 힘이 세서 주행할 때 거침없이 질주하는 한 마리 야생마와 닮아 있다.

그리고 그의 앞에는 스포츠카 시보레 콜벳이 보였다. 어차피 외길이라서 현수는 천천히 콜벳의 뒷꽁무니만 보면서 따라가야 했다. 학교를 빠져 나와 3킬로 이상 주행했을 때 돌연 콜벳이 급브레이크를 밟더니 조수석 문이 활짝 열렸고, 그 안에서 여자가 튀어나왔다.

"오, 오빠!"

"꺼져! 썅!"

"지금 뭐하는 거야?"

"가!"

여자의 짜증, 남자의 거부, 그리고 몇 마디 거친 고성이 오갔고, 콜벳은 빗물을 튀기며 눈깜짝할 사이에 여자를 홀로 버려두고 출발해버렸다. 현수는 이런 의외의 상황이 신기한 듯 천천히 상황만 지켜보았다.

그냥 지나칠 수 없는 상황이라 가속을 하던 엑셀레이터에서 발을 떼면서 여자 아이의 앞에서 서행했다.

여자 아이. 주아영이라는 그 때 그 아이다.

아직 뉴욕은 많이 추운 편이었다. 비록 두꺼운 털코트와 목도리로 전신을 감쌌지만 여자 아이는 때마침 쏟아지는 폭우 속에서 떨고 있었다. 현수는 도저히 지나칠 수 없어서 차를 멈추고 창문을 내렸다.

"이봐요? 탈래요?"

"……."

"남자친구와 싸운 것은 알겠는 데 비가 너무 많이 오네요. 일단 타세요."

"아! 그… 선배님?"

"타요. 사양하지 말고."

"……."

여자 아이는 머뭇거렸다. 눈에는 눈물이 잔뜩 맺혀서 붉게 충혈 되어 있었다. 이미 마스카라는 다 번져서 얼굴은 온통 엉망이다.

그녀는 현수를 보다가 재차 고개를 돌려 전방을 힐끗 주시했다. 지난번에도 이민혁은 거칠게 굴다가 다시 돌아온 전력이 있었던 탓이다.

"괜찮아요. 민혁 오빠가 곧 올 거예요."

"난 안 올 것 같은데?"

"……."

운전 경력이 있는 웬만한 사람은 다 알 것이다.

끝없이 뻗은 도로에서 콜벳의 흔적은 아예 보이지도 않

았기 때문이다. 만약 이것이 단순히 애인 사이의 감정 다
툼이었다면 벌써 저 멀리서 차를 유턴해서 왔어야 했다.
현수는 재차 부드러운 미소로 그녀에게 권했다.

"괜찮아. 타!"

"알았어요. 그럼 실례 좀….'"

주아영이라는 아이는 할 수 없다는 표정으로 고개를 끄
덕였다. 여자는 조수석에 타자마자 헐레벌떡 빗물을 닦으
면서 고맙다는 인사부터 했다.

"앞뒤 사정은 모르지만 여기는 한국이 아니라 미국이
야. 어떻게 겁도 없이 여자 혼자 돌아다니려고 그러는 거
야? 대책 없네. 이 아가씨?"

"어쩌다 보니 그렇게 되었네요."

"그런데 집이 어디? 기숙사인가?"

"네."

"기숙사에 데려다 줄까?"

"아니요. 저… 미안한데 뉴욕 시내로 가면 안 될까요?"

"뭐, 안 될 것은 없지만… 근데 오늘 처음 보는 나를 어
떻게 믿고?"

"같은 수업 듣는데 어떻게 선배를 모르겠어요. 한국인
모임에는 참석하지 않아도 센터에 한국인 해봤자 숫자 뻔
한데 이미 다 알죠."

"하하. 그런가? 근데 몇 살이야?"

"94학번이에요. 한국에서 대학교 2학년 마치고 왔어요."

"현역으로 들어간 거야? 어느 학교 다니는데?"

"…이화 여대요. 선배님은 몇 학번이죠?"

"나? 나는 대학교 안 갔어. 73년생이야."

주아영은 몰랐다는 듯이 황급하게 현수를 향해 사과의 표시를 했다.

"아, 미안해요. 잘 몰랐어요."

"괜찮아. 대학이 인생의 전부도 아니고."

"그런데 선배 이름은 어떻게 되죠?"

"현수라고 부르면 돼. 정현수."

"현수 선배?"

"응."

"반가워요. 저는 주아영이에요."

그러다 문득 그의 시선은 아영의 볼에 꽂혔다. 퉁퉁 부은 눈동자 밑으로 핏자국과 약간 멍든 모습이 보였던 탓이다. 아영은 손으로 자신의 왼쪽 볼을 매만지면서 거울에 비춰진 모습을 슬쩍 확인했다.

"설마? 그 놈이 때린 거야?"

"……."

이런 여자를 도로에서 내팽개치고 따귀를 날린 그 놈은 어떤 놈일까? 문득 그 남자의 얼굴을 확인하고 싶다는 기이하고 강팍한 충동감이 흘렀다. 심장 박동이 살짝 뛴 것은 그 시점이었다. 조수석에서는 은은한 벌꿀 향기가 풍겨와 코끝을 자극했다.

"질이 안 좋은 놈이네? 여자를 어떻게?"

남녀의 시선과 시선이 허공에서 마주쳤다. 비에 젖은 탓에 화장이 잔뜩 지워졌지만 또렷한 이목구비의 인상이다. 마치 작은 페르시아산 고양이처럼 뻗은 동그란 눈망울처럼 무척 귀여운 얼굴이었다. 아영은 복잡한 감정을 엿보이더니 부정을 했다.

"그렇지 않아요. 상처는 아까 차문을 열고 나오다 모서리에 찍힌 거에요."

"아! 미안! 몰랐어."

"너무 그러지 마요. 민혁 오빠 그렇게 나쁜 사람 아니니까. 성격이 좀 와일드해서 그렇지….."

"그런가? 괜히 주제넘게 끼어든 것 같네."

"아뇨. 그렇지는 않아요."

아영의 목소리는 굉장히 낭랑했다. 약간의 하이톤이었지만 듣는 이로 하여금 금방 친밀감이 형성될 수 있는 그런 씩씩함이었다. 의자가 많이 젖었는지 아영은 크리넥스 티슈를 한 웅큼 집더니 비에 젖은 부위를 정성스럽게 닦기 시작했다. 미정과는 확실히 다른 분위기의 여자였다. 미정이 화려하면서도 다가가기 어려운 슬픔이 존재했다면, 아영은 깨끗하고 싱그러웠으며 청초한 백합과 닮아 있었다.

                        ❈

   맨하튼의 골목의 어느 카페에는 이름 모를 재즈바의 연주
가 이어지고 있었다. 현대 사회의 모던함을 주제로 엮어낸
카페의 인테리어 컨셉은 한국에서는 좀처럼 보기 어려운 고
전적인 느낌이다. 특히나 곳곳에 장식된 다양한 성격의 벽
화는 손님에게 독특한 분위기를 연출하며 시선을 잡아끈다.
   아영은 아까와 달리 꽤 많이 진정이 되었는지 로열 밀크
티를 저어가면서 마셨다.

   "고마워요."

   "뭘… 고맙기는."

   "그런가? 암튼 현수 선배 집은 어디에요?"

   "우리 집? 저기… 여기서 조금만 더 올라가면 아파트 하
나 있는 데 거기야."

   "아, 그렇구나. 부모님은 뭐 하세요? 사업?"

   "왜?"

   "후후, 뉴욕 맨하탄에서… 그 중에도 부촌으로 손꼽히
는 어퍼 이스트 사이드에 아파트가 있으니 궁금해서요."

   "그런가? 우리 아버지는 백수야."

   "아? 백수?"

   "그보다 어때? 학교 공부는?"

   "모르겠어요. 여기 온지 1년 반 넘었는데 프린스턴대로

편입하려고 하는 데 영 쉽지 않네요. 헤헤."

"그래? 영어는?"

"이제는 그럭저럭 의사소통은 가능해요. 뭐, 아직 헐리
웃 영화 보면 자막 없으면 절반이나 이해할까? 선배는 어
때요?"

"나야 뭐. 그냥 그렇지. 그보다 그 놈의 선배 소리 좀 빼
면 안 돼?"

주아영은 망가진 화장을 고치면서 익살맞은 표정으로
반문했다.

"왜요? 싫어요?"

"응. 싫어."

"이상하네. 선배가 뭐 어때서?"

"선배라고 하니까 괜히 노땅 같아서 좀 그래."

"좋아요. 다음에 만날 때 그렇게 불러 드릴게요. 흐흐."

"쳇! 말만이라도 고맙네."

예전이라면 나이가 많더라도 첫 만남에 여자 앞에서 스
스럼없이 말을 놓지는 않았을 것이다. 그만큼 뻔뻔해진 것
일까? 어찌 보면 나이를 많이 먹는다는 것이 꼭 좋은 것만
은 아닌 듯 했다.

확실히 여자와 이야기를 나누니 분위기는 따스했다. 그
렇게 기분을 진정시킨 아영은 핸드백에서 핸드폰을 꺼내
고 있었다.

"선배님. 잠시만요!"

"난 괜찮으니까 통화해봐."

"미안해요."

"아냐."

예전에 한창 유행하던 일명 벽돌폰이라는 모터롤라 핸드폰이다. 아마 그 남자친구에게 온 전화로 보였다.

아영은 현수의 눈치를 슬쩍 살피더니 수신 버튼을 누르고 자리를 황급하게 일어섰다.

저 멀리에서 짧지 않은 통화를 마친 아영이 다가와 앉았다. 그녀의 얼굴에는 약간 근심 섞인 기색이 엿보였다. 현수는 궁금증을 참지 못하고 물었다.

"왜 그래?"

"어떡해요. 저 때문에?"

"왜?"

"민혁 오빠가 여기로 온데요. 아무래도…."

"여기 온다고?"

"네. 민혁 오빠가 어디 있냐고 추궁을 해서 어쩔 수 없이 이 곳 위치를 말했어요."

현수는 피식 웃으면서 단호한 눈빛을 드러냈다.

"왜? 내가 있으면 안 되는 거야?"

"안 되는 건 아닌데… 그게… 오빠가 좀 다혈질이라서 괜히 선배님께 피해 갈까 봐 걱정되네요."

"근데 별로 가고 싶은 마음이 없는 데 어쩌지?"

"하지만 괜히 나 때문에…."

주아영은 정확한 판단을 내리기 어려웠다. 그 누구보다 민혁의 성격을 잘 알기 때문이었다. 괜히 그녀 때문에 죄 없는 선배가 피해를 볼지 모른다는 걱정에 돌연 마음이 답답해진 것이다.

물론 그의 이런 행동도 이해는 했다.

하지만 이런 고민은 어느덧 빠르게 사라졌다.

저 앞에서 건장한 체구의 동양인 남자가 문을 열고 성큼 다가오고 있었기 때문이다.

100조를 향해서

NEO MODERN FANTASY & ADVENTURE

Part 14-1. 빅뱅의 시작

Part 14-1. 빅뱅의 시작

　　카페에 등장한 남자는 훤칠한 키와 떡 벌어진 어깨, 호기로운 인상이 꽤 특징적이었다.

　　흡사 매를 닮은 날카로운 눈매로 전방을 쏘아보던 민혁은 현수는 본척만척 하면서 언성부터 대뜸 높였다.

　　"야! 주아영! 내가 얼마나 걱정했는지 알아? 대체 거기서 화난다고 튀어나가면 어떻게 하라는 거야?"

　　"오빠가 내리라고 했어? 안했어?"

　　"어휴!"

　　"거기다 댁이 얼마나 성질을 냈는지 본인이 누구보다 잘 알텐데?"

　　"야! 임마! 이 철부지 아가씨야. 그런다고 그 폭우가 오는 데서 진짜로 내리냐?"

"내린 게 중요해? 말 그대로 도로변에서 내가 내리자 뒤도 안 돌아보고 그냥 차 몰고 갔어? 안 갔어?"

이민혁은 성질을 내면서도 말꼬리를 약하게 흐렸다.

"그, 그거야. 네가 하도 열 받게 하니까 그런 거고."

"진짜, 아무리 그래도 그렇지…."

"됐어. 아무튼!"

"뭐, 뭐?"

"너 잘못 되면 내가 너희 아버님을 어떻게 보겠냐? 안 그래?"

"그러는 사람이 자기 여자 친구 만난다고 거기서 그냥 가 버리냐?"

"그건 그거고."

"인간이… 오빠는 앞으로 나 절대 아는 척 하지 마. 알았어?"

"그건 내가 미안하다고 했잖아? 아까 말했듯이 흥분해서 몇 킬로 갔다가 다시 돌아왔다니까! 그러네!"

"아! 됐어. 됐어."

현수는 이들의 대화를 듣다가 약간 언짢은 표정을 드러낼 수밖에 없었다. 대충 보니 밑그림이 그려졌기 때문이다. 이 둘은 예전부터 집안끼리 교류가 있었고 그가 생각했던 것처럼 애인 사이는 아니었던 것이다.

둘은 그렇게 한동안 티격태격하더니 아영은 그때서야 현수를 소개시켜 주었다.

"이쪽은 현수 선배. 나 여기까지 태워 주신 분이야."

"이민혁이라 합니다."

"정현수… 73년생, 23살이오."

"어라? 나하고 동갑이네?"

"그런가? 그럼 친구할까?"

"친구? 내 참."

"아니면 말고!"

"뭐, 그래. 나쁠 것 없지."

민혁은 지금 이 순간에도 반말 비슷하게 말꼬리를 흐리는 상대의 까칠한 모습에 다소 불쾌해졌다.

하지만 상대는 계속 도발을 했고 그도 지기 싫어하는 특유의 성격 때문에 내키지도 않는 맞장구를 친 것이다 그렇게 서로 같은 나이라는 이유만으로 우연치 않게 친구를 맺게 된다.

"현수라고 했나? 어이. 술 한잔 할래?"

"좋지. 그럼 다른 곳으로 옮기자고."

"그래."

"굳이 차 2대로 갈 필요 있겠어? 뒤에 타."

카페를 나가자 민혁은 호기로운 기세로 현수의 어깨를 건드리면서 말했다. 미녀의 엉덩이 라인보다 더 새끈하게 빠진 미국인의 Dream Sports Car, 시보레 콜벳이 늠름한 위용을 드러냈던 것이다.

민혁은 어떤 면에서 어린아이처럼 유치한 기질이 있었다. 이는 그의 가정적 환경과도 밀접한 연관이 있는 데 그의 집안은 한국의 30대 재벌에 속하는 가문이었다.

또한 민혁은 서자 출신으로 흔히 말하는 삐뚤어진 환경 탓에 세상을 똑바로 보지 못하는 단점이 존재했다. 현수는 천천히 차를 살피더니 뒷좌석에 올라탔다.

"차, 좋네. 자! 출발!"

"뻔뻔하기는!"

"오빠! 그만 좀 해. 현수 선배한테 미안하지도 않아?"

"미안은! 개뿔!"

차는 쌩쌩 달렸다. 얼마 후, 브룩클린 브릿지 근처의 고급스런 건물 앞에 차를 주차시켰다. 2차로 옮긴 곳은 연회비를 내는 VIP회원만 받는 어느 레스토랑이었다.

문 앞에서 기도 2명이 카드를 확인하고 여기 회원이 아니면 정중하게 돌려보내는 모습이다.

확실히 내부 분위기는 고급스러웠다.

좌석의 손님을 보면 길거리에서 흔히 만나게 되는 흑인이나 히스패닉은 없고 백인만이 있다는 점도 독특한 광경이라 할 수 있다.

서민은 출입할 수 없다는 특권 의식이 그들에게 우월감

이라도 주는 것일까?

그 흔한 작은 소음이나 대화 소리조차 들리지 않았으니 꽤 신기한 느낌은 감출 수 없나 보다.

민혁은 현수의 어깨를 감싸 안으면서 호방하게 웃었다.

"어때? 분위기 좋지?"

"좋기는 좋네."

"흐흐. 그 말투 뭐야? 아주 웃겨! 허세는 쯧!"

"허세라니? 허세라도 부려봤으면 소원이 없겠다."

"현수야. 넌 여기 술값이 얼마인지는 알고 까부는거야?"

"글쎄? 내가 꼭 그걸 알아야 하는 법이라도 있어?"

"어휴! 이 자식! 내가 말을 말자."

현수와 민혁은 끊임없이 서로 틱틱거리면서 룸으로 들어가 앉았다. 민혁은 예전에 5인회 멤버와 마시다 남겨 둔 발렌타인 30년산을 가져오라고 웨이터에게 지시했다.

"발렌타인 30년?"

"촌놈이냐? 발렌타인도 모르고?"

"근데 이게 그렇게 맛있냐?"

"마셔 봐. 아무리 떠들어도 직접 경험하는 것보다 못하다는 속담 몰라?"

현수는 신기하듯이 발렌타인 30년을 보더니 마치 콜라 마시듯이 세 잔을 스트레이트로 들이켰다. 민혁은 이 광경에 기겁하면서 외쳤다.

"아니! 그 비싼 것을!"

"비싸봤자 얼마나 비쌀까?"

"야! 그럼 네가 오늘 여기 술값 낼래? 이 촌놈아!"

"그러지 뭐."

연달아 발렌타인을 위장에 퍼부은 현수의 얼굴은 이미 붉은 홍시처럼 알록달록하게 변해 있었다. 뒤이어 주문한 음식이 연이어 테이블 위로 서빙이 되기 시작했다. 확실히 미국 본토의 최고급 레스토랑에서 나오는 음식의 맛은 차이가 났다.

작은 접시에 앙증맞은 요리가 연달아 나오는데 시각적으로도 예뻐서 함부로 망가트리기 아까울 정도였다.

아영은 현수가 취한 듯 보이자 애교를 부리며 걱정스럽게 물었다.

"현수 선배! 괜찮아?"

"응. 아직은…."

"이제 그만 마시고 식사해요."

인간관계가 늘 그렇듯이 아영과 현수는 술자리를 빌어서 급격하게 친해졌다. 민혁은 이런 둘의 모습에 혀를 차면서도 한편으론 이 싸가지 없는 안경잽이에 대한 평가를 조금씩 수정했다.

민혁은 오만할 수밖에 없었다. 그의 부모는 대한민국에서 이름만 대면 알 수 있는 그룹의 회장이었다.

아무리 서자라 해도 재벌 2세다. 덕분에 그는 태어날 때부터 특권으로 무장하고 주위에서 받들면서 키워졌다. 당연히 서민의 삶이란 살아 본적이 없었다.

물론 친동생보다 더 아끼는 아영과 친하게 구는 놈이 싫어서 일부러 자극한 면도 없잖아 있었다.

미국에 유학을 오고 기숙사가 아닌 외부에 아파트를 얻어 살 정도면 어느 정도 부유한 집일 것이다. 그래봤자 그들의 눈에는 도토리 키재기였다.

그는 이런 놈들을 적지 않게 만나 보았었다.

겉으로는 아닌 척, 그러면서 가식적으로 꾸미고, 허세를 부리는 쩌리들을!

만약 그들이 민혁의 신분을 알게 되면 딱 두가지로 나누어질 뿐이다.

하나는 스스로의 자존심을 낮추거나 그도 아니면 의도적으로 거리감을 두던지.

인간은 지각의 동물이고, 사회적인 동물이라 할 수 있다.

급변하는 환경에 따라 행동 양식이 달라지는 것은 결코 이상한 것이 아니다. 하지만, 현수는 둘 다 아니었다. 그저 무덤덤하게 행동했다. 물 흐르듯이 대화를 이끌었고 자연스럽게 행동할 뿐이다. 과연 이 뜻이 의미하는 것은 무엇일까?

오랜만에 이해타산이 없이 대화를 할 수 있는 인물을 찾은 것일까?

설마 그럴 리가?

민혁은 기이한 미소를 지었다.

✳

영화 매체에 종사하는 기자의 눈은 일반 대중의 그것보다 높은 편이다. 그들은 위선적이면서 탁상공론을 좋아한다. 또한 날카로운 창끝으로 작품을 난도질하는 경향도 다분히 있어서 때로는 관객과 싸움도 발생한다.

'신세기 싸울아비'가 긴 인고의 세월 끝에 드디어 미국 본토에 개봉하게 되었다.

그 이면에는 2주전 언론 시사회에서 얻게 된 폭발적인 반응이 미라맥스로 하여금 와이드 릴리즈 결정으로 이어지게 했다. 사실 그 때까지만 해도 그들은 와이드 개봉에 탐탁치 않은 반응이었다.

아무리 AMC그룹에서 배급 수수료율을 높이고 손실분에 대해 책임을 진다해도 미라맥스는 덥썩 미끼를 물지 않았다. 거기에는 미라맥스의 자존심 문제도 걸려 있었기 때문이다.

애니라는 것은 그만큼 서구사회에서 마이너한 장르로

분류되어 시장이 협소했다. 이런 옥신각신 협상 끝에 결국 언론 시사회에서 반응이 좋으면 와이드 개봉을 한다는 조건부 계약으로 맺게 되었고 지금의 결과를 낳은 것이다.

※

　L.A 시내의 스테이크 전문 레스토랑에서 정현수, 최상철, 변창현은 한창 대화에 여념이 없었다.
　"그래서? 첫주 개봉 성적이 괜찮다고요?"
　"네. 개봉관 3,512개로 출발해서 4천 7백만달러를 찍었습니다."
　"그 정도면 성공한건가요?"
　"그럼요. 비수기에 이 정도면 대박입니다."
　"미라맥스 그 놈들은 뭐라고 하던가요?"
　출판과 애니쪽의 책임자인 AMC Media Tech 의 변창현 사장은 흥미로운 표정으로 웃었다.
　"후후, 예상 외의 결과라면서 축하를 해주더군요."
　"그래요? 그 촉새들이?"
　"흐흐. 그 놈들 말끝마다 우리 작품에 대해 부정적인 말만 늘어놓다가 흥행이 성공하니 입을 싹 닦더군요. 아무튼 양키들이란!"
　이번에는 최상철이 대화에 끼어들었다.

"아! 참… 어제 미라맥스에서 AMC Media Tech에서 출품하는 차기작도 자기들이 맡아서 미국 전역을 커버해 줄 테니 당장 배급 계약서 쓰자고 하는데 어떻게 할까요?"

"적당히 핑계대면서 늦추세요. 아마 이번에 우리 작품이 히트하는 것을 봤으니 메이저 배급사에서도 달려들 겁니다."

"그보다 차라리 저희도 미국에 괜찮은 영화 배급사 매물 나오면 인수해서 운영하는 게 낫지 않을까요?"

"저도 동감입니다."

그러자 현수는 휴지로 입가를 닦으면서 코웃음을 쳤다.

"후후, 미국 메이저 영화사 가치가 어느 정도인지 알고 그러는 겁니까?"

"뭐, 그거야. 우리도 이제 꽤 커졌으니."

"7년 전 일본 소니가 미국 콜롬비아 영화사를 인수하는 데 쓴 금액이 44억 달러였어요. 어디 자금이 그것만 들어갔을까요? 그 때보다 지금은 어떨까요? 아마 모르기는 몰라도 대출 끼어도 100-200억 달러는 있어야 할 겁니다. 아직 멀었어요."

"천문학적인 금액이네요. 확실히 한국에 있다가 미국에 오니 노는 물이 다르군요. 에구."

그 둘은 생각한 것보다 많은 금액에 꽤 놀라는 표정이었다. 하지만 그들로서는 나름대로 이유가 있었다. 그것은 다름 아닌 최근 AMC will의 대성공이 낳은 부작용 때문이었다. AMC will의 올해 추정 매출은 1조원 돌파가 유력했는데 이 금액은 작년 AMC그룹 전체 매출의 몇 배를 넘는 수치였다.

전 세계적인 히트였다.

그러니 주문은 미국, 유럽, 아시아 할 것 없이 폭주를 했고 공급이 수요를 따르지 못하는 상황에 이르게 된 것이다.

이런 대성공에 힘입어 AMC Game 직원들은 막대한 보너스를 받았다.

제품이 딸리자 세계 각지의 바이어들은 현금을 뭉텅이로 들고 회사에 갖다 바치고 있었다.

그러니 그들로서는 순진하게 이런 이야기가 나올 수밖에 없었다.

"그보다 TV 홈쇼핑과 연예 채널은 어떻게 되었습니까?"

"그렇잖아도 방송 통신 위원회에 로비를 하는 중인데 아무래도 저희가 좀 밀리는 모양새입니다."

"왜 그런 것이죠?"

"경쟁자가 CJ, 현대, LG 등 저희보다 전부 큰 재벌그룹인데다 이미 그 쪽은 연줄을 통해서 갈라 먹기로 내정되어 있다는 루머가 파다합니다."

"인맥에서 안 되면 돈질로 따내세요."

"그게 알다시피 불법 자금이라서… 물론 비자금을 만들려면 못 만들 것도 없지만…."

최상철이 말하는 의미를 어찌 모를까?

AMC그룹은 예전의 작은 기업이 아니었다.

이번 콘솔 게임기의 대박으로 어느덧 재계 순위 30대 기업에 진입해 있었다. 현금이 수천억 이상 쌓이자 은행에 놔두기가 뭐해서 동시다발적으로 여러 곳에 투자를 진행 중이다.

현수는 미간을 찡그리면서 고민했다.

비자금을 만드는 것이 사실 별 것 아니었다. 문제는 불법이라는 점이다.

한번 비자금을 만들면 잘못하면 거기에 코를 꿰어서 후환이 두렵지 않을 리 없다.

역사를 살펴보면 정답은 쉽게 나온다.

지금까지 얼마나 많은 대기업 회장들이 구속되었나? 그 중 대부분이 불법 비자금이나 탈세 관련 사항들이었다.

"비자금은 만들지 마세요."

"그럼 어떻게 할까요?"

"제 개인 계좌에 최근 중국에서 들어온 2백억을 합해서 3백억 정도 있습니다. 그 중 오십억을 내줄 테니 그 돈으로 기름칠 좀 하세요."

"무슨 뜻인지?"

"방통위 담당자를 만나서 우리가 선정될 수 있게 좀 더 적극적으로 로비를 하라는 의미입니다. 이 돈으로 부족하면 더 요청해도 됩니다."

"알겠습니다. 근데 돈이 아깝기는 하네요."

"어쩌겠습니까? 인맥이 없으면 돈으로 대신하는 수밖에…."

백조처럼 굳이 고아하게 사는 것은 마음 내키지 않았다. 그렇다고 진흙탕인 정치판에 끼어들고 싶은 생각도 없었다.

허나 어떤 면에서 정치와 경제는 맞닿는 접점이 꽤 넓은 공생 관계라 할 수 있다. 바로 지금처럼 행정부의 여러 인허가권을 무기로 공정한 비즈니스 자체를 방해하면서 암암리에 떡고물을 얻어먹는 행위다.

TV 홈쇼핑은 미래가 유망한 사업이었다. 회귀 전에 두 눈으로 똑똑히 보았으니 이 정도 돈을 쓰는 것은 사실 아깝지 않았다.

채널 하나만 확보해도 매년 안정적인 수익은 보장되었기 때문이다.

이번에 할당하는 케이블의 오락 채널권도 그룹의 미래를 위해서 필요했다. 훗날 CJ 가 손에 넣은 TVN, M-net 처럼 AMC 엔터에서 볼 때 시너지 효과를 극대화시킬 수 있는 전략의 일부다. 나무젓가락 하나는 약하지만 여러 개를 합치면 절대 부러지지 않는 원리와 비슷하다.

아직 CJ에서 멀티플렉스 몰인 CGV는 오픈하지 않았다.

예전에는 CJ 가 연예계의 제왕이었다. 하지만 이번에는 AMC 엔터가 존재한다. 그렇게 그는 때를 기다리는 가마우지처럼 고요한 수면 밑의 흐름을 읽고 있었다.

＊

현수는 뉴욕 타임스의 주식란을 한껏 펼친 채 뚫어져라 종목들을 훑고 있었다.

아마 이 때쯤부터일 것이다. 미국 IT 기업이 폭발적인 성장을 하기 시작하는 시기가.

그리고 4-5년 뒤인 2천년 초반까지 이른바 닷컴 버블의 역사적 현장에 그가 함께 하고 있었다.

훗날 이름만 들어도 알 수 있는 세계적인 기업의 명단이 지금 그 앞에 지나가기 시작했다.

Microsoft, Oracle, Sun Microsystem, Cisco, Apple,
IBM

현재 나스닥을 기준으로 활발하게 거래되는 대표 IT 기업의 명단이었다. 그가 원하는 종목은 4-5년 정도 장기로 투자할 수 있는 주식이었다.

솔직히 이 종목들 어떤 것을 사더라도 – 역사가 변하지 않는다면 전부 높은 수익률을 기록할 것은 확실했다.

하지만 인간의 마음이란 간사한 법이다. 그는 이보다 더 높은 이익을 원했다.

이 종목 전부를 바스켓에 넣는 것은 마음에 들지 않았던 것이다.

이유는 간단하다. 미래를 알고 있기 때문이다.

이들 중 가장 많이 성장할 종목을 꼽는다면 당연히 애플일 것이다. 애플은 최상위 브랜드 이미지를 가지고 있었다.

그러니 당연히 판매 가격이 경쟁사에 비해 높아도 스마트폰은 날개돋힌 듯이 팔려나갔고, 천문학적인 이익을 자랑했다.

시가총액 5천억불에 현금 보유고가 1천 3백억 달러이니 애플에 대해 더 이상 부연설명은 필요없었다.

하지만 애플이 이런 위치에 오르는 시기는 지금으로부터 15년이라는 긴 시간을 기다려야 했다. 시기적으로 안 맞았던 것이다.

그렇다고 마이크로 소프트를 매입하자니 덩치가 너무 컸다. 이미 MS의 시가총액은 5 백억 달러가 넘었기 때문 이었다. 그 외에 오라클이나 썬마이크로 시스템은 아무래 도 부실해 보였고, IBM도 덩치가 너무 컸다.

이것 저것 제외하면 결국 남는 것은 시스코 뿐이다. 현수는 기억의 톱니바퀴를 천천히 과거로 돌리기 시작했다.

– 닷컴 버블의 징조인가? 시스코 드디어 미국 시가총액 1위에 등극하다

물론 저런 내용의 뉴스가 떴는지는 확실치는 않았다. 하 지만 시스코가 그 때 시가총액으로 미국 증권 시장 1위에 올랐던 것은 분명히 기억했다.

인간의 기억력이란 어떤 때는 한심하지만, 특정 상황에 따라서 그 기억력은 컴퓨터의 CPU보다 더 좋은 경우도 분 명히 존재한다.

99년인지, 2000년, 혹은 2001년인지는 부정확했다.

아무튼 그 후 시스코라는 단어는 꽤 많이 들려왔는데 이 업체가 무엇을 하는 곳인지는 정확히 모르지만 IT 닷컴 버 블의 최대 수혜자라는 이미지로 지금까지 각인되어 있었 다. 그는 자신의 기억을 믿었다.

시스코의 주가와 시가총액 및 기타 자료를 재빨리 확인했다.

최근 1~2년 동안 꽤 올랐다고 하지만 여전히 시가총액은 74억 달러에 수준에 불과했다. 차트는 월봉으로 보면 이제 막 꿈틀거리면서 뱀처럼 또아리를 트고 있었다.

계좌에 남아 있는 현금은 5천만 달러.

현수는 고민 끝에 시스코에 3천만 달러를 투자하기로 결정을 내렸고 직원에게 매입 지시를 내렸다.

무릎에 사서 어깨에 팔라는 주식 격언에 충실하면서.

＊

A.J 휴그는 요즘 계속된 야근으로 다소 지쳐 있었다.

그는 워싱턴의 치열한 생태계를 누구보다 익히 잘 아는 인물이기도 하다.

듀크대 정외과를 졸업하고 하원 의원인 숙부 밥 크로스비의 인턴으로 3년 동안 정치의 뒷세계가 어떤 것인지 익히 경험했다.

그 덕분에 현재 여권에서도 강력한 영향력을 지닌 5선 의원 앤서니 슬라마의 보좌관이 된 것은 어찌 보면 운이 좋다 할 수 있다.

어떤 분야라도 그렇겠지만, 특히나 정치계는 절대 만만

하지 않았다.

물론 언론에 흔히 상상하는 것처럼 거대한 육각뿔과 시뻘건 동공, 주둥이에서는 화염을 내뿜는 추악한 惡 은 아니라 할지라도 그 이종 사촌쯤은 될 것이다.

정치권도 살아 움직이는 생명체와 비슷했다.

이익에 따라서, 혹은 비즈니스에 따라, 그도 아니면 인맥에 따라서 이합집산을 끊임 없이 한다.

그 안에는 거대한 이권이 오고가고, 배신을 때리며, 복잡하고 다양한 사교 방정식이 존재했다.

"좋은 아침!"

"휴그씨도 좋은 아침이에요."

A.J 휴그는 오늘도 간단한 오레오 비스킷과 엷게 섞은 커피로 하루를 시작했다.

이 사무실에는 그 외에도 7명의 보좌관과 비서관이 존재했다.

그들은 각각 맡은 역할이 달랐는 데 어떤 이는 지역구 관리를, 어떤 이는 의원의 스케줄을, 또 어떤 이는 경호와 운전을 담당했다.

그리고 그는 정치 후원금 및 상정된 법안, 정책에 대한 검토가 주업무로서 꽤 중요한 역할을 맡고 있었다.

100조를 향해서

NEO MODERN FANTASY & ADVENTURE

Part 14-2. 빅뱅의 시작

옆에 있는 6급 비서관인 제이미는 부드럽게 웃으면서
말했다.

"휴그씨 와이프? 요즘 괜찮아요?"

"글쎄? 요즘 임신 7개월째인데 탄산음료만 보면 구토가
나온다고 어제는 온갖 짜증을 다 부리는 데 힘들어 죽는
줄 알았어."

"후후. 뭐 어쩌겠어요? 여자는 호르몬 분비 때문에 히스
테리가 자주 나타난 법이에요. 그럴 때일수록 남편분이 더
잘해줘야 줘. 안 그래요?"

"그런가?"

"그나저나 이번에 의원님이 발의한 건강 보험 수가 개

정법은 너무 병원에 유리한 것 아닌가요?"

"이 부분은 우리가 고칠 수 없는 게 이미 의원님과 全美 의사 협회 사이에서 아마 암묵적으로 합의를 본 모양인 것 같아."

제이미는 그다지 마음에 들지 않는지 시무룩한 표정으로 강하게 열변을 토해냈다.

"아무튼 의사들도 참… 이러면 서민은 어떻게 병원에서 치료를 받으라는 거야? 비보험 적용 항목도 예전보다 더 많아지고 의료 수가를 너무 올렸어."

"가진 것 없는 놈들은 죽으라는 거지."

"휴우."

A.J 휴그는 뚱한 표정으로 성의 없이 말했다.

"어쩌겠어. 이런 것 한 두 번 보나."

"A.J? 이거 본 회의에서 통과될까요?"

"글쎄? 이번 안건은 민주당에서도 의견이 분분해서 당론으로 확정짓지 않고 그냥 표결로 한다고 하던데?"

"그런가요?"

"결국 공화당이 어떤 결정을 할지가 문제겠지."

"공화당이야 병원도 서비스 경쟁을 해야 한다는 사람들인데 오죽하겠어요? 후후, 임신 하면 만 달러! 맹장 수술에 3만 달러! 이런 나라가 세계 최강국이라니! A.J? 당신 믿

겨져요? Oh! my God! Unbelievable!"

"정치란 원래 그런 것 몰랐어?"

"그래도 그렇죠."

"자, 자! 일합시다. 쓸데없는 소리하지 말고."

"아 네, 네!"

A.J 휴그는 답답하다는 듯 투덜거리면서 사무실로 보내온 소액의 정치 후원금 봉투를 뜯기 시작했다.

대부분이 앤서니 슬라마 의원의 지역구에서 보내온 것들로서 적게는 100달러부터 수천 달러까지 다양하다. 이런 현금에는 대부분 Letter가 동봉되어 있는 데 경험상 뜯어봤자 별 영양가가 없다 할 수 있다.

그 때문에 그냥 현금만 빼서 책상 오른쪽 귀퉁이에 차곡차곡 쌓고는 후원금 명단만 서류철에 기입해야 했다. 이런일도 이제는 그보다 밑의 직급에게 넘겨주어도 되지만 A.J 휴그는 앤서니 의원에게 자신이 그를 위해서 많은 일을 한다는 것을 보여주기를 진심으로 원했다.

그래서 아무리 작은 업무라도 손에서 놓지 않았던 것이다.

'뭐가 이렇게 많아?'

벌써 1시간째 이 짓을 하니 어깨의 견갑골이 뻐근해지는 것을 순간 느꼈다. 그러다 하얀 편지 봉투에서 수표 한장을 꺼냈다.

'5천 달러? 어라? 웬일로 크게 썼네?'

별 생각 없이 장부에 기재를 하던 만년필을 쥔 손은 잠시 움직임을 멈추었다.

무언가 이상하다는 낌새를 본능적으로 받은 것이다. 응? 5천 달러가 아니잖아?

다시 0의 숫자를 천천히 세어 본다.

0의 숫자가 3개가 아닌, 5개였던 것이다.

5십만 달러?

잘못 본 것은 아닐까? 귀찮았지만 다시 세었다. 그런데 확실히 5십만 달러가 맞았다.

미국에서 정치 후원금은 한국에서 말하는 정치 자금과는 그 의미가 완벽하게 다른 편이다. 한국은 정치인에게 돈을 줄 때 어떤 반대 급부를 은근히 원하지만, 미국은 순수하게 정말 그 정치인을 지지한다는 표시로 보낸다.

더구나 직접 대면도 아닌 이런 우편 송부에서 이런 큰 금액은 거의 없다는 게 옳을 것이다.

A.J 휴그가 우편으로 후원금을 받은 금액 중 올해 가장 큰 금액은 1만 5천달러다. 그러니 눈이 개구리처럼 커진 것은 어쩌면 당연하리라. 그는 5십만 달러짜리 수표를 현금 뭉치 위에 올린 후 봉투 안에 동봉된 A 4 사이즈 한 장의 레터를 읽기 시작했다.

존경하는 앤서니 슬라마 의원님께

 …미국을 사랑하는 시민으로서 몇 가지 미래 뉴스를 보
내드리니 참고 하시기 바랍니다.

 발생 시기 : 1996. 03.26 오후 3시 45분
 쿠바에 의해서 미국 세스나 민간 비행기 2 대 격추
 탑승자 4 명 사망… 아바나 인근 해역.

 발생시기 : 1996. 04.03
 美 경찰 멕시코 밀입국자 21명 중 두 명 구타
 샌디에고 북쪽 도로. CBS를 통해서 중계됨.
 여론 극도로 악화.

 발생 시기 : 1996. 04.12
 美 경제 GM 파업
 4월 2일 오하이오주 GM 델피 브레이크 공장의 파업으
로 29개 공장 중 24개 공장 부품 공급 못 받게 됨.
 車 부품 외부 구입 계획에 11일째 파업 지속.

 연락처도 없었고, 의례 적는 주소나 이름도 없었다.
 거기다 미래 뉴스라니? 날짜와 시간까지 정확하게 적어

서 보내서 그럴 듯 해보이지만 과연 이런 황당무계한 예언을 믿을 사람이 몇 명이나 될까?

보통의 경우라면 일고의 가치도 없이 편지는 찢어져서 쓰레기통으로 직행했을 것이다. 사무실에는 그렇잖아도 업무 서류 때문에 빈 공간이 많지 않았으니까.

하지만 5십만 달러짜리 수표가 문제였다.

돈이 많은 놈인가? 이 정도 거액을 보낸 이유는 이제 확실해졌다. 앤서니 의원에 대한 순수한 지지보다 어떤 대가를 원하고 보낸 것이 틀림없다.

이것은 누가 보더라도 사기꾼이다. 5십만 달러, 5십만이라. 머리가 아팠서 고민을 했지만, 이윽고 수표만 기록하고 레터는 서랍에 접어서 넣어 놓아야 했다.

✳

1996년 3월 5일. 야후가 드디어 미국 주식 시장에 기업 공개를 시작했다. JP 모건을 주간사로 선정한 야후는 총 8억 5천만 달러의 주식을 발행했는데 나스닥 상장 첫날부터 54%가 오르는 기염을 토하면서 성공적인 출발을 보이는 중이다.

마크 웰백은 깔끔하게 정리된 보고서를 바탕으로 현수와 대화를 나누고 있었다.

"야후 주식을 매입해두는 것은 어떻습니까?"

"야후?"

"네. 야후는 스탠포드 대학의 제리양과 데이비드 파일로가 모자이크 웹브라우즈에 불편을 느끼고 주제별 디렉토리 서비스 분류를 만들었습니다. 그러다 이를 기반으로 상용화해서 대박 친 사이트입니다."

"그래서요?"

"그리고 작년에 넷스케이프의 창시자 마크 안드레슨의 러브콜을 받고 대중에게 널리 알려지기 시작했죠. 동시에 벤처 캐피탈로 인터넷 서비스 사업에 뛰어들었는데 무엇보다 야후의 강점은 이 분야의 선두 주자라는 점입니다."

현수는 딱딱한 어조로 입을 열었다.

"다 좋은데 좀 거품이 있지 않을까요?"

"적자 때문에 저도 우려는 되지만 이제 막 인터넷 시대가 열리고 있습니다. 어떤 영역이든 리스크가 없는 비즈니스는 없지 않을까요? 야후가 예측대로 인터넷의 가이드 역할을 충분히 할 수 있다면 광고주는 저절로 따라 붙을 겁니다. 저는 나쁘지 않다고 봅니다."

"그럼 수익 구조는 광고로 한다는 뜻입니까?"

"네. 지금이야 미미하지만 시간이 흐르면 인터넷 광고 시장도 크게 커질 가능성이 높습니다."

"좋아요. 대강 읽어보니 분석력이 뛰어난 것 같네요."

마크는 부담스럽다는 듯이 헛기침을 했다.

"아닙니다."

"그럼 야후 주식을 천만 달러 정도 매입하는 것으로 하죠. 그렇게 진행 부탁합니다."

"야후에 대해서 좀 더 조사를 하는 게 낫지 않을까요?"

"괜찮습니다. 마크, 당신이 하자는 대로 한번 해보죠. 전망이 좋은 회사라면서요?"

"그, 그거야."

"그럼 되었습니다."

"네. 아마 실망시키지 않을 겁니다."

현수는 회전의자에 앉아 허리를 제치더니 손깍지를 끼고 미소를 지었다. 야후 건은 그도 이틀 전에 뉴스를 보고 주식을 매입하려고 생각했었다. 야후는 워낙에 유명한 기업이니 굳이 다른 것을 따질 상황이 아니다.

물론 나중에 닷컴 버블이 꺼지면서 가장 많은 피해를 입을 것이 확실하지만 이 모두 먼 미래의 이야기일 뿐이다. 그 닷컴 버블이 빠지기 전에 미리 고점에서 주식을 팔면 되지 않을까?

무엇보다 주가가 너무 저렴했다. 그러다 공교롭게도 마크가 먼저 야후 주식을 매입하자고 제의를 했으니 그로서는 모르는 척 의견에 동의했던 것이다. 가끔은 부하 직원의 기를 살려줄 필요성도 있었기 때문이다.

　3월 15일이 되자 금 4월물은 여러 번의 등락 끝에 399.
10을 찍었다. 현수가 매입한 평균 단가는 379.80으로서 미
결재 약정으로 4만 계약의 매수 포지션이 존재했다.

　아직 반대매매로 청산을 한 것은 아닌 탓에 확정 수익은
아니지만, 오늘자 기준으로 금선물의 투자 수익률은
77,200,000달러를 기록했다. 말이 7천7백만 달러지만 한
국 원화로 6백억이 넘는 돈이었다.

　또한 시스코는 원금 대비 12%, 야후는 23% 의 이익이
나고 있었다.

　신세기 싸울아비는 흥행에 순풍을 단 듯이 3주차가 지
났음에도 여전히 북미 박스 오피스 3위를 형성하면서 벌
써 7천만달러가 넘는 스코어를 찍었다.

　특히나 고무적인 것은 영화 리뷰 사이트인 IMBD의 평
점이 8.9점, 로튼 토마토 지수에서 '신선하다' 는 Fresh 의
비율이 86%을 받았다는 점이다.

　신세기 싸울아비는 애니에 편견을 가진 일부 미국인들
의 발걸음을 돌리게 할 정도로 평가가 좋았다.

　그 때문에 극장당 좌석 점유율이 현재 상영되는 영화 중
가장 높은 편이었다.

　예상외의 대박 때문일까.

가장 부정적으로 평가한 미라맥스조차 1억 달러 돌파는 무난할 것으로 기대하는 중이다.

미국 본토에서 순수 한국산 애니가 승승장구를 달리자 어리둥절하던 한국 언론에서도 마침내 기사를 쓰기 시작했다.

- 100% 한국 기술로 만든 한국 애니 미국 강타!
- 美 영화 매체의 호평 속에 1억 달러 돌파할 듯!
- 한국의 자부심! 신세기 싸울아비! 전격 분석!

뉴스는 끊임없이 생산 확대되고 있었다. 그리고 기사의 타이틀은 하나 같이 애국 마인드로 얼굴에 금칠하는 자화자찬식의 뉴스가 주를 이루었다.

러시아에서 전화가 걸려온 것은 저녁 10시가 조금 넘은 시각이다. 전화가 온 이는 놀랍게도 푸틴의 제 1 비서 예리나였다. 예리나는 오랫동안 푸틴의 손발로서 수행을 했고 현수와도 통화를 몇 번 했기에 그리 낯선 느낌은 아니었다.

예리나는 영어가 정말 유창했는데 간단한 안부 인사를 나눈 후, 대뜸 활발한 표정으로 이야기를 토로했다.

"푸틴 위원장이 상트 페테르부르크시를 떠나 얼마 전

크레믈린 궁에 입성하게 되었습니다."

"이런, 축하할 일이군요."

"별 말씀을요. 미리 연락을 드렸어야 하는 데 주변 정리 문제로 정신이 없어서 이제야 드렸네요."

"대통령궁이면 어느 분야로 영전되신 겁니까?"

"옐친 대통령께서 직접 대통령 행정실 실장으로 임명하셨습니다."

"좋은 소식이군요. …그런데 용건이?"

"아, 다른 게 아니라 이제 대통령 궁에 입성하였으니 푸틴 실장님도 챙겨야 할 아랫사람이 많아졌답니다."

"아?"

현수는 슬쩍 혀를 차야 했다.

방금 예리나가 돌려서 언급했지만 '챙길 사람'이 많아졌다는 의미를 모를만큼 그는 어리석지 않았다.

하지만 미래에 푸틴의 시대가 열릴 것을 알기 때문에 그쪽의 심기를 괜히 건드릴 생각은 없었다.

"얼마를 더 원하시는지요?"

"아, 오해를 하셨군요. 그 뜻이 아닙니다."

"그럼?"

"이번에 러시아의 국영 회사 중 하나를 민간에 매각하려는 데 그 문제로 푸틴 실장님께서 회장님과 상의하기를 원하는 상황입니다."

"국영 기업을 민간에 매각한다고요?"

"네. 좀 더 정확히는 석유 회사인데 꽤 규모가 큰 곳입니다. 푸틴 실장님께서는 이번 유코스 매각건의 최종 책임자인데 여러모로 서로에게 이익이 될 부분이 많다고 생각하는 것 같습니다. 그러니 생각이 있으시면 빠른 시간내에 모스크바 방문을 부탁드립니다."

"잠, 잠깐만요! 유코스라고요?"

"네."

유코스?

어디선가 많이 들어본 이름이었다. 석유회사라니?

아! 약한 비음이 터졌다. 기억이 떠오른 것이다.

유코스…

나중에 푸틴에게 밉보여서 온갖 죄를 다 뒤집어쓰고 하이에나처럼 물어 뜯겨서 도산한 그 회사가 아닐까? 이제야 형광등처럼 머릿속이 밝아졌다.

맞아. 그 후에 로만 아브라모비치의 시브네프트가 헐값에 가져간 것으로 기억난다.

그런데 왜 그를 부른 것일까. 그는 이제 막 대통령의 측근 자리에 푸틴이 오른 점을 주목했다.

알다시피 푸틴은 KGB를 나와서 변방의 한직을 떠돌다 옐친의 신임을 얻어서 벼락출세를 하게 된다. 그리고 아마 그는 그의 세력과 인맥 관리를 위해 자금이 필요한 것으로 짐작되었다.

그러다 마침 유코스 매각 件이 자신에게 배당되자 오랫동안 정치 자금을 지원하고, 뒷끝이 없는 외국인인 그가 적당하다고 보고, 연락 한 것으로 보인다.

이런 건은 웬만한 자금력이 아니면 덤벼들기 힘들기 때문이다.

현수는 마른 침을 꿀꺽 삼켰다.

"그… 매각하려는 국영 석유 회사 유코스의 정보를 먼저 팩스로 보내주세요. 만약 타당하다 생각하면 저희가 직접 러시아로 넘어가겠습니다."

"네. 그렇게 하죠. 푸틴 실장님께서는 회장님이 직접 대통령궁으로 오시기를 희망하고 계십니다. 그 동안 도와주신 대가에 대해 보답하고 싶다는 것이 그 분의 전언입니다."

"고맙습니다. 빠른 시간 내에 찾아뵙겠습니다."

그리고 몇 시간 후에 유코스에 대한 자료가 팩스로 송부되어 들어왔다.

이름 : 유코스 Yukos Oil Company
업종 : 석유 정제 및 가공
매출 : 56억 달러

순이익 : 18억 달러

일일 평균 생산량 : 35만 배럴

기타 : 러시아 3위의 석유 회사, 생산 정제 회사 3곳, 판매 자회사 5곳. 전 세계 석유 생산량의 1.4% 점유.

현수는 냉정하게 팩스를 보면서 어떻게 할지 판단을 했다.

56억 달러라면 4조 5천 억이고, 순이익이 18억 달러면 현재 환율로 계산했을 때 1조 4천 억 수준이다.

유코스가 석유 회사라서 규모가 클 것은 예측했지만 이 것은 커도 너무 컸다.

지금 이 시대가 1996년인 것을 감안하면 더욱 그러하다. 그래도 푸틴이 직접 자신을 초대했으니 무언가 이유가 있을 것으로 생각하고 그는 러시아의 모스크바로 가기로 잠정적으로 결정했다.

〈5권에서 계속〉